遺忘之海

THE OCEAN AT THE END OF THE LANE

尼爾 蓋曼

周沛郁 譯

Neil Gaiman

沒有什麼能阻止我把海洋帶到你身邊

國立東華大學華文系教授　吳明益

英國作家格雷安・葛林（Henry Graham Greene）有一篇我始終鍾愛的小說，譯為〈純潔的心靈〉。這篇短篇寫的是一個離家多年後的男子，帶了一個在酒吧把到的女孩回家鄉。在進去他讀的小學的時候，他想起了他的初戀，想起童年時那個他投注以熱烈愛情的女孩，帶給他多麼大的快樂與痛苦。但此刻旁邊的庸俗女孩，卻不斷抱怨鄉下的荒涼與無趣。男子覺得她玷汙了他的記憶，他不曉得如何分享自己的感受，也不曉得怎麼告訴她，很久以前，運河旁邊早已經積了現在還能看到的那一大堆沙，而自己三歲的時候，「還以為那堆沙，就是別人所說的海灘。」

究竟是什麼時候，我們的人生又重新把沙灘變回一堆沙的呢？

如果要我選一個最擅長解答或面對這個問題的小說家，我一定毫不猶豫選擇尼爾・蓋曼。尼爾・蓋曼是一個難以定義的作家。他的漫畫（也有人稱為圖像小說）《睡魔》（*The Sandman*）使他和構思出「V怪客」的艾倫・莫爾（Alan Moore），創造出「夜魔俠」、「蝙蝠俠」、「金鋼狼」的法蘭克・米勒（Frank Miller）同樣知名。他的《美國眾神》拿下「星雲獎」與「雨果獎」，而他的《星塵》改編成的電影同樣成功。放諸世界文壇，我們很難找到跟他一樣在各領域的創作上都同獲肯定的作家。

我很早就是尼爾・蓋曼的讀者，無論是他殘酷、冷靜，卻別出心裁的短篇小說，以及帶有奇幻色彩的中、長篇小說，都深深啟發我。但有很長的一段時間，我並不明白尼爾・蓋曼的作品，究竟是哪一部分啟發了我？

對於一個具有分析故事結構能力的讀者，會發現尼爾・蓋曼的多數中、長篇作品，不但視覺感豐富，還都具有成功電影的敘事結構特色。細心的讀者，會發現那確實很像佛格勒（Christopher Vogler）在《作家之路》（*The Writers' Journey: Mythic Structure for Writers*）裡頭提到的「英雄受啟歷程」的敘事模式。佛格勒分析成功的電影後發現，角色的原型不外乎「英雄、師傅、門檻守衛、變形者、陰影、盟友和搗蛋鬼」，而情節上則常是他（或她）從平凡世界接受歷險的召喚（有時會先拒絕），而後遇上師傅、跨越第一道門檻、接受試煉、進逼洞穴最深處，歷經苦難折磨後，獲得獎賞，帶著仙丹妙藥走上歸途。

《星塵》中為了撿拾流星取得愛戀對象芳心，因而跨越了古老小城界線的崔斯坦；《美國眾神》裡愛妻和好友同時車禍身亡之時，正好跨出監獄的「影子」；無視禁語，唐突打開「第十四道門」的寇洛琳；《墓園裡的男孩》中，從小全家被謀殺而在墓園被鬼魂養大的男孩，卻為了小女巫的鬼魂準備到鎮上買墓碑，因而跨出墓園，陷入殺機的巴弟……從大架構來看，幾乎都沒有脫離這樣的故事模式。也就是說，尼爾·蓋曼基本上說故事的方式並不算稀奇，但確實變化萬千，讓我們想起坎伯（Joseph Campbell）的《千面英雄》（*The Hero with a Thousand Faces*）與神話學：那些內在旅程、英雄之路、愛情故事。但除了這個之外呢？他是如何成就他的獨特魅力的？

我發現，尼爾·蓋曼寫出的「好神話」，總有幾個一般作家難以企及的細膩之處。第一，他的故事總是來自於某個深沉的文化根源：比方說巨魔源自於北歐神話，《星塵》顯然與維多利亞時期的一些民間傳說有關聯。其次，他太擅長處理故事的氛圍，幾至精工，往往運用看似簡單的修辭就能把讀者帶入不可思議的情境裡。比方在《星塵》裡精靈賣給主角父親玻璃花時，強調他們是不會收取真正的金錢的。但她可以：「收下你頭髮的顏色，或是你三歲之前的記憶。」她也「願意取走你左耳的聽力——不是全部，只是讓你無法再享受音樂或欣賞河流潺潺的水聲、風颯颯吹動的聲音。」當然除了這個之外你不是別無選擇，你還能接受美麗精靈為愛情所打造的陷阱——一個吻。

而最後，也是最重要的一點，他讓小說裡的人物對話，看似童稚、不著實於這個世界的時空，卻都充滿了一種神祕卻飽經人情世故的智慧。此刻你手上正打開其中一本：《萊緹的遺忘之海》。

這本小說的主人翁回憶起童年時，遇上了另一位住在小路盡頭，大她幾歲的愛幻想的少女。她常說她家後面的池塘是海洋，而她們家族則是從海洋那頭來的。但在一次冒險之後，小男孩漸漸發現那個池塘**確實就是**海洋，而自己則陷入了一種迷離的奇境，以及痛苦的家庭關係之中。乍看下適合給青少年閱讀的小說筆觸下，卻有時會和那個名為萊緹・漢絲托的女孩一樣，流露出深沉的話語：「誰都和他們內在的樣子不大相同。你不一樣，我也不一樣。人沒那麼單純。不管是誰都是如此。」這些話總像突如其來的喇叭聲提醒你想起了什麼。

而小說裡看似邪惡的角色，竟也如此洞悉人性。他們在誘惑少年往死亡跨進一步時說：「你的心裡有個洞，在這世界怎麼會快樂？你身體裡有個通道，通往你所知的世界以外的地方。在你長大的過程中，那些地方會呼喚你，而你永遠忘不了那裡。在你心中，你會不斷去探詢你得不到的事物，而你甚至無法確實想像那些事物，那空缺會讓你無法成眠，毀了你的每一天和你的一生，直到最後一次閉上眼，直到愛人下毒害你，把你賣去**解剖**，即使到那時候，你仍會懷著心裡的空洞死去，而你會哭喊咒罵這缺憾的一生。」

這時你終會發現，尼爾・蓋曼的筆下確實不是池塘，而是深沉的海洋。

我記得格雷安・葛林曾說：「童年的成長記憶，是文學家最大的資產。」我想應該把文學家改掉，童年理當是人們一生中最大的資產。尼爾・蓋曼的小說總是不斷提醒我們這一點，或者說，他試著以小說幫助我們保護它。他彷彿就像那個把池塘說成海洋的萊緹・漢絲托，對小男孩說：「我不能把你帶到海洋那裡」，「可是，沒什麼能阻止我把海洋帶到你身邊。」

我得謝謝尼爾・蓋曼一直在做這些把海洋帶到我身邊的事。用他的筆，用他的創作，用他無與倫比的，海上螢光一樣的想像力。

獻給想一探究竟的亞曼達。

「童年的回憶歷歷在目……我知道一些可怕的事。但我知道不能讓大人發現，否則會嚇壞他們。」

《野獸國》作者莫里斯．桑達克（Maurice Sendak）與雅特．史匹格曼（Art Spiegelman）之對談，

摘自一九九三年九月二十七日發行之《紐約客》雜誌。

那只是農場後的養鴨池塘，沒多大。

萊緹．漢絲托說那是海，但我知道她在胡說。她還說她們從那個古老的國家渡海而來。

她媽說她記錯了，那是很久以前的事，何況那個古老國家也沉掉了。

漢絲托老太太（萊緹的外婆）說她們都錯了，沉掉的不是那個**非常**古老的國家。她說她還記得那個非常古老的國家。

她說那個非常古老的國家炸掉了。

序幕

我穿著黑西裝白襯衫，繫黑領帶，腳踏一雙擦得亮晶晶的黑皮鞋——這身打扮通常讓我渾身不自在，好像穿了偷來的制服，或是小孩在裝大人。這天，這身衣服卻給了我某種安慰。面對困難的一天，這身衣服正好。

早上我盡了本分，說了該說的話，而且說得誠懇。儀式結束之後，我坐上我的車，漫無目的隨便開，殺時間，等著一個多小時之後去見更多長年不見的人，握更多手，用上好的瓷器喝一大堆茶。我幾乎不記得薩塞克斯郡的路，我沿著蜿延的路駛去，最後發現自己正開往小鎮鬧區，只好拐向另一條路，左轉，然後右轉。這時候，我才發現車子正朝哪裡去，原來我一直往那個方向開去。我察覺自己做了蠢事，不禁皺起眉。

我正開向一棟數十年前就不存在的房子。

我駛過一條寬敞的馬路，這條路從前只是大麥田旁的一條碎石小路，我心裡想著該迴轉，該調頭別打擾過去的記憶。但我被激起了好奇心。

我在老房子住了七年，從五歲住到十二歲，但老房子已經拆掉沒了。新房子是爸和媽蓋的，就蓋在花園盡頭，在杜鵑花和草地上的一圈青翠之間，我們管那圈草叫妖精圈。而新房子三十年前賣了。

我看到新房子，減慢了車速。那裡在我心中永遠都是新房子。我把車停在車道上，觀察他們怎麼改建那棟七〇年代的建築。我都忘了磚塊是巧克力的褐色；他們把媽媽的小陽臺改成兩層樓的日光室。我望著房子，沒想到我記得的青少年時光居然不多——沒有美好的時光，也沒有悲慘的時光。我在那地方住過一陣子。但那裡和現在的我似乎毫無關連。

我把車倒出他們的車道。

我知道我該去妹妹家了。她家熱鬧又開心，一切都因為這個日子而整潔拘謹。被我淡忘多年的人會和我交談，他們會問起我的婚姻（十年前失敗，那段關係逐漸磨損，最後就像一般婚姻那樣破裂），問我有沒有交往的對象（沒有。我根本不確定我是否有辦法再和人交往），他們還會問起我的孩子（都長大，有自己的生活了，他們很遺憾今天不能來），還有工作（我會說很順利，感謝關心。我從不知道該怎麼談我的工作。如果能用說的，就用不著動手做了。我走藝術創作這一行，有時能創作真正的藝術，有時可以填補我生命中的空缺。不過只能填補某些空缺，不是全部）。我們會談論逝去的人；我們會追憶死者。

我童年的鄉間小路變成一條柏油路，在兩片向外延展的住宅區之間充當緩衝。我繼續往前開，遠離小鎮。我其實不該往這方向走，但感覺真棒。

平滑的黑色路面變窄了，路徑彎曲，最後縮減為童年記憶中的單線道，路面變成紮實的泥土和骨頭似的圓潤小碎石。

不久，我便緩緩開上一條顛簸的窄路，兩旁沒有榛樹叢或野樹籬夾道的地方，都長了黑莓和薔薇。我感覺自己好像駛回過去。一切都變了，小路卻是我記憶中的樣子。

我經過了香芹農場。我記起剛滿十六歲的感覺，記起我吻了一頭金髮、兩頰紅潤的卡莉．安德斯，她就住在那裡，當時他們家再不久就要搬去昔德蘭，我再也沒機會吻她，也不會再見到她了。那之後將近一英里路，路兩旁只剩田野——亂糟糟的草地。小路逐漸變成車跡壓成的小徑，快到盡頭了。

還沒轉過彎親眼看見，我就記起那個地方，破敗、壯觀的紅磚建築——漢絲托家的農舍。

小路的盡頭一直都是這裡，我卻有點詫異。沒辦法再往前開了，我把車子停在農場院子旁。我沒特別的打算。不知道事隔這麼多年，還有沒有人住在這裡。應該說，不知漢絲托家是否還住在這裡。感覺不大可能，不過話說回來，在我模糊的記憶裡，漢絲托家的人一向不能以常理判斷。

下車時，牛糞味撲鼻而來，我小心翼翼地走過小院子，來到前門。我想找門鈴卻找不到，於是敲了門。門沒拴好，我用指節輕扣門，門便微微盪開。

我好久以前來過這裡，對不對？我一定來過。孩提時的玩具常遭人遺忘，壓在成人塞滿東西的櫃子底下，童年的記憶有時也像這樣被後來的記憶埋藏掩蓋，但從來不會就此消失。我站在玄關喊道：「你好，有人在嗎？」

沒聽見任何聲音。但我聞到烤麵包、家具上光蠟和老木頭的味道。我的眼睛花了點時間才適應黑暗。我凝視著陰暗的屋內，正要轉身離開，昏暗的玄關卻走出一個手拿白抹布的老太太。她灰色的長髮披肩。

我說：「漢絲托太太嗎？」

她側頭看著我，然後說：「對。年輕人，我**認識**你。」我不是年輕人。我已經不年輕了。她又說：「我認識你，不過到我這個年紀，事情都混在一起了。所以你是哪位？」

「我想我上次來的時候，大概才七歲還是八歲吧。」

她微笑了。「你是萊緹的朋友嗎？小路前頭來的？」

「妳給我牛奶喝。溫溫的，從母牛身上擠的。」說完我才想起那都是多少年前的事了，連忙說：「不對，不是妳，給我牛奶的應該是妳母親。不好意思。」到我們這個年紀，我們會變成我們的父母。只要活得夠久，我們遲早會看到重複出現的容顏。我還記得萊緹的母親漢絲托太太是個壯碩的女人。面前這個女人卻像瘦竹竿，而且氣質高雅。她很像漢絲托太太的母親，也就是我所知的漢絲托老太太。

有時我照鏡子，看到的不是自己，而是爸爸的臉，我還記得他出門前對著鏡中的自己微笑。他會讚許地對自己的倒影說：「不錯、不錯。」

「你來找萊緹嗎？」漢絲托太太問。

「她在嗎？」聽了她的話，我很詫異。她不是**去了**什麼地方嗎？是不是美國？

老太太搖搖頭。「我正要燒水。要不要來點茶？」

我猶豫一下，然後問她介不介意先告訴我怎麼去養鴨池塘。

「池塘？」

我知道萊緹有個好笑的稱呼，我還記得。「她說那是海洋。之類的。」

老女人把抹布放到櫥櫃上。「海水不能喝，對吧？太鹹了，像在喝鮮血。你記得怎麼走嗎？繞過房子旁邊，沿著小徑走就對了。」

如果一個小時以前問我，我會說我不記得怎麼走。我恐怕根本想不起萊緹．漢絲托的名字。但站在玄關時，記憶都回來了。記憶就等在事物邊緣，呼喚著我。如果有人說我又變回七歲，乍聽之下，我可能有點相信。

「謝謝。」

我向她道謝完，便走進農場院子。我走過雞舍，經過老穀倉，沿著田野邊走，同時記起我身在何方，接下來會看到什麼，心裡一陣欣喜。草地邊緣種了一排榛木。我撿了一把青綠的榛果放進口袋。

我心想，接下來就是池塘。只要繞過這間棚屋，就會看到池塘。

我看到池塘，感到一股奇妙的自豪，彷彿喚起回憶便為那天掃去了一些陰霾。

池塘比我記憶中小。池塘另一端有座木頭棚屋，小徑旁有張木頭和金屬做的長椅，老舊沉重。斑駁的木板幾年前漆成了綠色。我坐在長椅上，望著天空在水面的倒影、池邊浮萍和水面的半打蓮葉。我不時往池塘中央丟顆榛果，萊緹．漢絲托管這個池塘叫……

這不是「海」吧？

萊緹・漢絲托啊，如今應該年紀比我大了。當時她雖然會說些奇怪的話，卻只比我年長幾歲。她當年十一歲。我……我幾歲呢？事情發生在糟糕的生日派對之後，這我知道。所以我應該是七歲。

我記不起我們是否曾經掉進水裡。這個小路盡頭農場的怪女孩，我有沒有把她推進養鴨池塘呢？我只記得她在水裡。或許她也把我推進水裡了。

她到哪兒去了？美國嗎？不對，是**澳洲**。沒錯。非常遙遠的某個地方。

她說這不是海，而是海洋。

萊緹・漢絲托的海洋。

我記起這件事，隨之記起了一切。

1

我七歲的生日派對沒人來。

有張桌子上擺滿果凍和卡士達水果鬆糕，每個位置旁都擱著尖頂的派對帽，桌子中央有個生日蛋糕，上頭插了七根蠟燭。蛋糕上面是一本糖霜畫的書。媽媽一手策畫了派對，她告訴我，麵包店的小姐說他們從沒在生日蛋糕上畫過書，給男孩子的通常是足球或太空船。我是他們畫的第一本書。

顯然不會有人來之後，我媽便點燃蛋糕上的七根蠟燭，我再吹熄。我吃了一片蛋糕，我妹和她一個朋友也吃了（她們並沒有參與派對，只是在一旁看），她們吃完便咯咯笑著跑去花園。

媽媽準備了派對遊戲，但沒有人來，連我妹都跑走了，所以遊戲沒人玩，而我自己拆了傳包裹遊戲的禮物，打開一層層報紙，裡面是一個藍色的塑膠蝙蝠俠玩偶。沒人參加我的派對，我很難過，但得到蝙蝠俠很開心，而且還有生日禮物等著我讀——是書盒裝的整套「納尼亞」，我把書拿上樓，躺在床上，沉浸在故事之中。

小時候我就喜歡埋首書裡。書本比人可靠多了。

爸和媽還給了我《吉伯特與蘇利文歌劇精選》❶的唱片，加入我原來那兩片收藏。我三歲時，姑姑（爸爸的妹妹）帶我去看《艾俄蘭斯》，從此我就愛上吉伯特和蘇利文。那齣歌劇裡充滿貴族和妖精。我發現和貴族比起來，要理解妖精這種生物的存在和他們的天性容易多了。不久，姑姑就因肺炎在醫院過世。

那天晚上爸爸下班後，帶了一個厚紙箱回家。紙箱裡有隻不知是公是母的毛茸茸小黑貓，我馬上為牠取名為毛球，全心全意、毫無保留地愛上牠。

毛球晚上睡在我床上。有時我妹不在旁邊，我會和牠說話，有點希望牠用人話回答。牠從來沒說過人話，不過我不介意。小貓親人又好奇，對於七歲生日派對餐桌上有糖霜餅乾、牛奶凍、蛋糕，桌邊十五張摺疊椅空盪盪的男孩而言，是個好同伴。

我不記得問過班上其他孩子為什麼沒來我的派對，其實也用不著問。他們並不是我朋友，只是和我一起上學的人。

我會交朋友，只是需要比較長的時間。

但我有書，這下子還有了我的小貓。我知道我們會像迪克．威汀頓和他的貓❷。如果毛球絕頂聰明，我們就會像磨坊主人之子和穿長靴的貓。小貓睡在我枕頭上，牠甚至坐在我家前面私人車道的柵欄邊等我放學回家，直到一個月之後，計程車載著蛋白石礦工來我家住，輾過了牠。

事情發生的時候，我不在。

那天，我下課的時候小貓沒在那裡迎接我。廚房裡坐了個高瘦的男人，皮膚晒得黝黑，身穿格子襯衫。他坐在廚房的桌旁喝咖啡，我聞得到咖啡味。那年頭的咖啡都是即溶的，用罐子裡的褐色苦味粉末沖泡。

「我到的時候發生了一點小意外。」他愉快地對我說。「不過別擔心。」他的口音短促而陌生——那是我第一次聽到南非口音。

他面前的桌上也擱著一個厚紙箱。

「那隻小黑貓是你的嗎？」

「牠叫毛球。」我說。

「嗯。我說過了，來的時候出了意外，用不著擔心，屍體清掉了。用不著煩惱，事情都處理好了。打開箱子吧。」

「什麼？」

他指指箱子。「打開啊。」

蛋白石礦工的個子很高。每次看到他，他都是牛仔褲加格子襯衫的打扮，最後一次除外。他脖子上戴著一條淡金色的粗金鍊，最後一次見到他時，金鍊也沒了。

---

❶ 吉爾伯特與蘇利文（Gilbert & Sullivan）是十九世紀最受歡迎的輕歌劇音樂家，他們改良沉重艱深的傳統歌劇與其龐大的曲目編製，採用輕鬆幽默、易懂的歌曲形式。後文出現的《艾俄蘭斯》（Iolanthe, 1882）即為一經典劇碼。

❷〈迪克．威汀頓和他的貓〉（Dick Whittington and His Cat）是一則英國民間故事，描述貧窮的男孩迪克因買了一隻善捕鼠的貓，轉賣出去後成為富人，後更成為倫敦市長。

我不想打開他的箱子。我想獨自走開，想為我的小貓哭泣，但如果現場有人看著我，我就哭不出來。我想要為牠哀悼。我想把我的朋友埋在花園盡頭，穿過青翠的妖精圈、深入杜鵑花叢的洞穴，來到除草後留下的廢草堆後面。那裡除了我，沒人會去。

這時箱子動了。

「買給你的。」男人說。「我有債必償。」

我伸手打開紙箱上蓋，心想他是不是在捉弄我，我的小貓會不會其實在箱子裡。結果裡頭卻有張薑黃色的臉凶暴地仰望著我。

蛋白石礦工把貓拖出箱子。

他是隻黃褐虎斑的大公貓，少了半隻耳朵。他怒瞪著我。這隻貓不喜歡讓人關在箱子裡，他不習慣箱子。我伸手要摸他的頭，覺得背叛了小貓的回憶，但他退開不讓我摸，還向我嘶叫，大步走向廚房遠端的一角，坐下來怨恨地看著我。

「好啦，以貓還貓。」蛋白石礦工說完用粗糙的手撥亂我的頭髮，便走向玄關，留我和那隻不是我的小貓的貓在廚房。

男子又探頭進廚房補了一句：「他叫怪物。」

聽起來像個很糟的笑話。

我把廚房的門撐開，讓貓可以出去，然後上樓到我的臥室，躺到床上為死去的毛球哭泣。

那晚爸媽回家，提也沒提到我的小貓。

怪物和我們住了一、兩個星期。我像照料我的小貓那樣，早晚把貓食放在碗裡給他。他會坐在後門邊，等我或其他人開門放他出去。我們看到他在花園裡，從一叢灌木溜進另一叢灌木，有時在樹木間，有時在矮樹叢裡。我們可以藉著花園裡藍山雀和歌鶇的屍體追蹤他的動向，但很少看到他。

我好想念毛球。我知道生命不能就這麼被取代，但不敢向爸媽埋怨。他們一定很難理解有什麼好不開心——畢竟，即使我的小貓死了，已經有另一隻貓取代了。損失已得到補償。

所有回憶湧上心頭，但就算在此同時，我也知道記憶無法維持太久——我坐在綠長椅上，旁邊就是萊緹．漢絲托曾經說服我是海洋的小池塘，而我所想起的一切都將再次遺忘。

2

我小時候並不快樂，不過偶爾安然自得。我比較像活在書裡，不像活在現實世界。

我們的房子很大，有不少房間，家裡買下房子、爸爸有錢的時候，這樣很好，後來就不好了。

一天下午，爸和媽慎重其事地把我叫到他們房間。我以為我一定做錯了什麼，是去挨罵的，結果不然——他們只說手頭不再寬裕，大家都需要犧牲一點，而我要犧牲我的房間，就是樓梯頂的那個。我很難過。因為我房間有個專為我設的黃色小洗手臺，尺寸正適合我。那房間在廚房上方，從電視間上樓梯就到了，夜裡我在樓上可以透過半掩的門聽見大人令人安心的嗡嗡聊天聲，這樣就不覺得寂寞了。還有，沒人會介意我的房門半開。門半開著，就會照進足夠的光線，讓我不再害怕黑暗。還有，過了上床時間，如果我想要，還可以就著昏暗的走廊燈光偷偷看書。這也很重要，我總是需要看書。

我被放逐到妹妹的大房間，並不覺得心碎。房裡已經有三張床，我占了窗戶邊的那張。我喜歡爬出臥室窗戶，到磚造的長陽臺上，也喜歡可以開著窗戶睡覺，感覺風和雨落在臉上。但我和妹妹會吵架，我們什麼事都能吵。她喜歡睡覺時關上房門，不過臥室門該開該關的爭執一下就輕鬆解決了。媽媽畫了一張表，掛在門後，讓我和妹妹輪流作主。夜裡我或滿足，或恐慌，端看門是開是關。

我先前在樓梯頂的臥室租出去了，各式各樣的人來來去去。我以懷疑的目光看待他們每一個。因為他們睡在我房間，使用按我尺寸做的黃色小洗手臺。有個奧地利胖女士跟我們說她可以把頭拿下來，在天花板上行走；有紐西蘭來的建築學生；有對美國夫妻，媽媽後來發現他們其實沒結婚，義憤填膺地把他們趕了出去。這下子換蛋白石礦工了。

蛋白石礦工是南非人，不過他是在澳洲開採蛋白石賺的錢。他給了我和我妹一人一顆蛋白石，那是顆黑色的粗糙石頭，裡面有綠、藍、紅的火光。我妹因此頗喜歡他，很寶貝她的蛋白石。但我無法原諒他害死我的小貓。

事情發生在春假的第一天，接下來三星期不用上學。我早早起床，想到有無盡的日子可以想做什麼就做什麼，興奮不已。我要看書，我要去探險。

我穿上短褲、T恤、涼鞋，下樓到廚房去。媽媽在賴床，爸爸正在做早餐。星期六常是由他做早餐。他在睡衣外穿著晨袍。我說：「爸！我的漫畫呢？」他星期五開車回家之前總是會買本《Smash!》漫畫週刊給我，我會在星期六早上看。

「在車後座。你要吐司嗎？」

「要。」我說。「可是不要烤焦。」

爸爸不喜歡烤麵包機。他總是把麵包放在烤架下烤，通常會烤焦。

我走到外面的私人車道，四處張望，然後進屋裡，推開廚房的門走進去。我喜歡廚房的門，那扇門能向裡推也能向外推，方便六十年前的僕人兩手端滿或空或滿的盤子進出廚房。

「爸？車呢？」

「車道上。」

「沒有耶。」

「**什麼？**」

這時電話響了，爸爸去走廊接電話。我聽到他在和人講話。

烤架下面的吐司開始冒煙了。

我爬到椅子上，關掉烤爐。

「警察打來的。」爸爸說。「有人通報說看到我們的車子被丟在小路底。我說我還沒報失呢。好啦。我們可以現在過去和他們會合……**吐司！**」

他把烤盤從烤架下面拉出來。吐司冒著煙，一面已經焦黑。

「我的漫畫也在嗎？還是被偷走了？」

「不曉得。警察沒提到你的漫畫。」

爸爸在吐司烤焦的那面塗上花生醬，脫下晨袍，在睡衣外罩了件外套，穿上鞋，我們便一同沿著小路走去。他邊走邊吃，我則拿著沒吃。

窄路兩側都是田野，我們沿著窄路走了大概五分鐘，有輛警車開到我們後頭，慢下來，駕駛叫了爸爸的名字，和他打招呼。

爸爸和那個警察說話的時候，我把焦吐司藏在背後。我好希望我家可以買一般的切片白吐司，就是可以放進烤麵包機的那種，別人家都是買那種。爸爸找到一家本地麵包店，他們會做大條又結實的全麥麵包，而他堅持買那種。他說那種麵包比較好吃，我覺得沒那回事。麵包應該是白色的，切了片，嘗起來幾乎沒味道——麵包就該這樣。

警車的駕駛下車打開乘客座的門，要我上車。爸爸坐到前面的駕駛座旁。

警車緩緩開過小路。當時整條小路都沒鋪路，寬度剛好夠一輛車通行，坑坑窪窪，又陡又崎嶇，處處有碎石塊凸起，長期積了雨水又被農用機具輾過，留下深深的溝痕。

「那些小子啊。」警察說。「他們覺得這樣好玩。偷輛車到處開，然後棄車。一定是本地人。」

「這麼快就找到了，太好了。」爸爸說。

香芹農場有個小女孩，她的頭髮金得發白，兩頰紅通通，我們經過時，她直直望著我們。我把我那片焦吐司擱在大腿上。

「不過居然把車丟在那裡，太奇怪了。」警察說。「從這邊不論走回哪裡都很遠。」

我們隨小路轉過一個彎，發現那輛白色的Mini停在路旁一扇通往田野的門前，輪胎深陷在褐色泥巴裡。我們把車開到前面，停在草地邊緣。警察放我們下車，我們三人便走向Mini，警察邊走邊把這區的治安狀況告訴爸爸，解釋為什麼顯然一定是本地孩子的勾當，然後爸爸便用他的備用鑰匙打開副駕駛座的門。

「有人在後座留了東西。」他說完也不聽警察勸阻，伸手就拉開蓋住後座那東西的藍毯子，我也緊盯著後座，因為我的漫畫就在那裡，所以我看見了。

我眼前的不是**人**，是某種沒生命的**東西**。

我這孩子雖然想像力豐富，容易做噩夢，但我六歲時曾說服爸媽帶我去倫敦的杜莎夫人蠟像館，因為我想參觀恐怖館，期待看到漫畫上看過的電影怪物。我原來希望德古拉、科學怪人的怪物和狼人蠟像能讓我毛骨悚然，沒想到我被帶著穿越彷彿無窮無盡的場景，看到的都是一臉陰鬱、平凡無奇的男女殺人兇手——殺的通常是房客，也殺自己的親人。他們後來也被殺了——死於絞刑、電椅或毒氣室。大部分的兇手和他們的受害者都置身於不自然的社交場合中——或許是圍著餐桌而坐，而被下毒的親人氣絕身亡。介紹他們的解說牌還寫到，他們大多殺害親人，把屍體拿去賣給人解剖。「解剖」這個詞就是在那時在我心裡染上了恐怖的氣息。我不知道解剖是什麼意思，只知道解剖會讓人殺死他們的孩子。

我被帶著參觀恐怖館時沒有尖叫著跑開，只因為蠟像看起來都不真實，一點都不栩栩如生，所以看起來也不像真的死了。

後座藍毯子底下的那東西看起來也不真實（我**認得**那條毯子。之前一直放在我從前臥室的架子上，冷的時候可以蓋）。看起來有點像蛋白石礦工，但穿著一身黑西裝，褶邊白襯衫，黑領結，頭髮往後梳，閃亮得不自然。那東西雙眼圓睜，嘴脣發藍，但皮膚很紅，猶如拙劣的模仿著健康的模樣。它的脖子上沒戴金鍊。

我看到我那本《Smash!》被壓在它下面，壓皺了、折到了。封面的蝙蝠俠看起來和電視上一模一樣。

我不記得那時誰說了什麼話，只知道他們叫我離Mini遠一點。我走到路對面，獨自一人站在那裡。警察和爸爸說話，在一本記事本上寫東西。

我望著那輛Mini。有條綠水管從排氣管接到駕駛座的窗戶。排氣管上包了層厚厚的褐色泥巴固定水管。

沒人注意我。我咬了一口吐司，吐司焦黑，已經涼了。

爸爸在家每次都吃掉最焦的吐司。他會說：「好好吃！炭對身體好！」還有：「烤焦的吐司！我最愛了！」然後把吐司吃光光。多年後，他向我坦承他從來不喜歡烤焦的吐司，只是不想浪費食物；有那麼片刻，我的整個童年感覺像個謊言——彷彿我的世界賴以支撐的其中一根梁柱粉碎為砂礫。

警察對著他車子前座的對講機說話。

然後他橫過小路，朝我走來。「小子，不好意思。」他說。「待會還會有其他車從這條路開過來。我們要找個地方讓你等，免得你擋到他們。你想回我的車後座嗎？」

我搖搖頭。我不想再坐進那裡。

這時有人說話了，是個女孩。「他可以跟我到農舍去。不會麻煩。」

她的年紀比我大很多，至少十一歲了。紅褐色的頭髮對女孩而言稍短，獅子鼻，臉上有雀斑。她穿了件紅裙子——那時候的女孩子不大穿牛仔褲，至少那些地區的女孩子是這樣。她有股軟軟的薩塞克斯口音，和一雙銳利的灰藍色眼睛。

女孩和警察一起走向爸爸，爸爸同意讓我跟她走，於是我便和她一同沿小路走去。

我說：「我們的車裡有個死人。」

「他來這裡就是要尋死。」她說，「這是路的盡頭。凌晨三點鐘，不會有人發現他或阻止他。那邊的泥巴很軟，很好捏。」

「妳覺得他是自殺嗎？」

「對。你喜歡牛奶嗎？外婆正在替貝西擠奶。」

我說：「妳是說真的從母牛身上擠的牛奶嗎？」問完我覺得自己好蠢，但她點點頭給我肯定的回答。

我思考了一下，我只喝過裝在瓶子裡的牛奶。「好啊，我想試試。」

我們來到一間小穀倉，那裡有個比我父母老很多的老太太，她一頭灰色長髮有如蜘蛛網，臉龐清瘦，站在一頭母牛旁邊。母牛所有乳頭都接上長長的黑管子。「我們以前都用手擠奶，可是這樣比較輕鬆。」她說。

她讓我看牛奶怎麼從牛身上流進黑管子裡，然後流進機器，通過冷卻裝置，收集到巨大的金屬牛奶桶。牛奶桶都放在穀倉外一個沉重的木頭平臺上，每天都有卡車來收。

老太太給我一杯母牛貝西的牛奶，牛奶濃醇，是通過冷卻器之前的新鮮牛奶。我從沒喝過嘗起來像那樣的東西——濃郁溫暖，含在嘴裡舒服極了。我其他的事情都忘記時，還記得那杯牛奶。

老太太突然開口：「小路前頭還有更多。各式各樣的車，閃著燈開過來。真是大驚小怪。帶這小子去廚房。他餓了，成長中的男孩只喝一杯牛奶不夠。」

女孩說：「你吃過了嗎？」

「只吃了一片吐司。烤焦了。」

她說：「我叫萊緹。萊緹・漢絲托。這裡是漢絲托農場。來吧。」她帶我進了前門，走進寬敞的廚房，讓我坐到巨大的木桌旁，桌上布滿漬痕，彷彿有一張張面孔從老木頭裡仰望著我。「我們這裡早餐吃得早。」她說。「破曉就開始擠奶了。不過燉鍋裡還有麥片粥，有果醬可以加。」

她給我一只瓷碗，碗裡盛滿爐子上溫熱的麥片粥，中央加了一坨自製黑莓醬，我的最愛，最後倒上鮮奶油。我用湯匙攪了攪才吃，把整碗粥攪成一團紫色。我從來沒這麼開心過。麥片粥美味無比。

這時進來一個高大的女人。她的紅褐色頭髮摻著灰絲，短短的，兩頰豐潤，一襲深綠的及膝裙，腳踩威靈頓雨靴。她說：「這是小路前頭來的那個男孩吧。那輛車附近還真大陣仗。不久就會有五個人要來喝茶了。」

萊緹拿了一只大銅壺在水龍頭盛滿水。她用火柴點燃瓦斯爐，把銅壺擱到火焰上，從碗櫃裡拿出五只缺角的馬克杯，遲疑了一下，看看那個女人。女人說：「沒錯。六個。醫生也會來。」

女人噘起嘴脣，發出「切」的聲音。「他們漏掉了紙條。」她說。「虧他寫得那麼仔細，還折好放到胸前口袋，結果他們還沒搜到。」

「紙條上寫什麼？」萊緹問。

「妳自己讀。」女人說。她應該是萊緹的母親吧，她看起來就像什麼人的母親。接著她說：「上面寫，他朋友給了他一筆錢，拜託他偷運出南非，存進英國銀行，結果他拿了那筆錢，還有這些年他挖蛋白石賺到的所有錢，去了布萊頓的賭場賭博，不過他原來只打算用自己的錢來賭，後來也只想借點朋友給他的錢，把他輸的錢賺回來。

「最後他失去一切，陷入絕望。」女人說。

「可是他寫的不是那樣。」萊緹瞇起眼睛。「他寫的是：

「我所有的朋友：

「對不起我原來希望的不是這樣我不能原諒自己希望你們能夠原諒我。」

「還不是一樣。」年長的女人說。她轉向我，說道：「我是萊緹的媽，你應該在擠奶棚見過我媽了。我是漢絲托太太，不過她比我早成為漢絲托太太，所以她是漢絲托老太太。這裡是漢絲托農場，是這區最老的農場。這都寫在《末日審判書》❸裡了。」

我不懂這些女人為什麼都姓漢絲托，但我沒問，我也不敢問她們怎麼知道自殺信，或是蛋白石礦工死的時候在想什麼。她們一副理所當然的樣子。

萊緹說：「我會暗示他去檢查胸前口袋。他會以為是他自己想到的。」

「乖孩子。」漢絲托太太說。「水滾的時候，他們就會來問我是否注意到任何不尋常的事，然後來喝茶。妳帶這孩子去池塘如何？」

「那才不是池塘。」萊緹說。「那是我的海洋。」她轉身對我說：「來吧。」接著從原路帶我走出房子。

天色依然灰暗。

我們繞過房子，沿著牛隻的小徑走。

我問道：「那是真的海洋嗎？」

「當然啊。」她說。

目的地赫然出現在我們眼前——有間木造棚屋、一張舊長椅，而棚屋和長椅之間是個養鴨池塘，暗沉的水面上綴著浮萍和蓮葉。有隻銀得像錢幣一樣的死魚側身漂在水面上。

「不妙。」萊緹說

---

❸ 末日審判書（The Domesday Book），完成於一〇八六年，由征服者威廉授命進行，為當時全英格蘭人民的財產登記，類似現在政府的人口普查。

「妳不是說是海洋嗎。」我對她說。「明明只是個池塘。」

「**真的**是海洋。」她說。「我還是小寶寶的時候，我們從那個古老的國家渡過這片海洋來的。」

萊緹走進棚屋，拿了一根竹竿出來，竿子末端有個像捕蝦網的東西。她彎腰靠向池塘，小心翼翼地將網子推到死魚下方，再收回網子。

「可是漢絲托農場記在《末日審判書》裡。」我說。「妳媽說的。就是征服者威廉時代寫的那本。」

「對。」萊緹．漢絲托說。

她從網裡撈出死魚，仔細端詳。魚身依然柔軟，沒僵掉，她拿在手裡啪答翻動。我從沒見過那麼多顏色——魚雖然是銀色，銀色之下卻有藍、綠、紫色，每片鱗的尖端還染著黑色。

「這是什麼魚？」我問。

「好奇怪。」她說。「我是說，這片海洋裡大部分的魚都不會死。」她拿出一把獸角柄的小刀，不過我看不出是從哪兒拿出來的。她把刀插進魚腹，一路往尾巴劃開。

「就是這東西害死她的。」萊緹說。

她從魚的體內拿出某個東西，放進我手中；那東西沾了魚內臟，手感油膩。我彎腰把手裡的東西泡進水裡，用手指搓洗乾淨，盯著瞧。維多利亞女王的臉回望著我。

「六便士？」我說。「魚吃了六便士銀幣？」

「實在不妙，對吧？」萊緹・漢絲托說。這時太陽微微露臉，照出散在她兩頰和鼻子上的雀斑，她頭髮被太陽照到的地方是銅紅色。這時她說：「你爸在納悶你在哪裡。該回去了。」

我想把那枚六便士小銀幣遞給她，但她搖搖頭。「你留著吧。」她說。「可以買巧克力或是檸檬雪酪。」

「應該不行吧。」我說。「錢太小了。不曉得還有沒有店收這種六便士。」

「那就塞到你的小豬撲滿裡。」她說。「也許能帶給你運氣。」她語氣半信半疑，似乎不確定這錢幣會帶來什麼樣的運氣。

警察、爸爸和兩個褐色西裝領帶的男人站在農舍廚房裡。其中一人跟我說他是警察，但他沒穿制服，我有點失望。如果我是警察，只要能穿制服，我就會穿著。我發現另一個穿西裝打領帶的人是史密森醫師，他是我們的家庭醫生。他們快喝完茶了。

爸爸感謝漢絲托太太和萊緹照顧我，她們說我一點也不礙事，可以再來玩。載我們到Mini旁的警察這次載我們回家，讓我們在私人車道底下車。

「這事你最好別跟你妹妹說。」

我不想跟任何人說：我發現一個特別的地方，交到新朋友，丟了漫畫書，而我手裡緊緊握著一枚舊版的六便士銀幣。

我說：「海洋和海有什麼不一樣？」

「比較大。」爸爸說。「洋比海大多了。怎麼想到問這個？」

「只是想想。」我說。「海洋可能和池塘一樣小嗎？」

「不可能。」爸爸說。「池塘就是池塘那麼大，湖就是湖那麼大。海就是海，洋就是洋。大西洋、太平洋、印度洋、北冰洋。我想世上就只有這些洋了。」

爸爸上樓到他臥房和媽媽講話，然後在樓上打電話。我把那枚六便士銀幣丟進我的小豬撲滿。就是那種無法拿出硬幣的豬形瓷器撲滿。等到有一天，撲滿再也裝不下錢幣，我就可以打破撲滿，但現在離裝滿還早得很。

3

我再也沒看過那輛白色的Mini。兩天後那個星期一，爸爸領回一輛紅皮椅已經龜裂的黑色路華車。這輛車比Mini大，但坐起來比較不舒服。皮套瀰漫一股陳舊的香菸味，長途開車時坐在路華車後座，我們總是暈車。

星期一早上出現的東西不只黑色的路華車。我還收到一封信。

我才七歲，從來沒收過信。我收過卡片，生日時祖父母寄來，還有媽媽的朋友艾倫．韓德森，不過我不認得她。艾倫．韓德森住在拖車裡，我生日時，她會寄條手帕給我。總之我不會收到信。即使這樣，我仍然天天檢查郵筒，看有沒有任何給我的東西。

那天早上，居然給我等到了。

我打開信，卻不懂信上寫的是什麼，於是拿給媽媽。

「你贏了儲蓄債券。」她說。

「這是什麼意思？」

「你出生的時候，你外婆幫你買了一張儲蓄債券。她的孫子輩出生時都有。抽到你的號碼，你就可以贏得一千英鎊。」

「所以我贏了一千鎊嗎？」

「沒有。」她看看那張紙。「你贏了二十五鎊。」

沒贏一千鎊，我很難過（我已經知道我要用一千鎊買什麼了。我要買個地方，讓我能獨自待在那裡，像蝙蝠洞那樣，有隱密的入口），不過我很高興擁有從前無法想像的財富。是二十五鎊呢。一便士可以買四個大茴香子口味的小口香糖或是綜合水果糖，每個四分之一便士，不過現在沒有四分之一便士的硬幣了。一鎊等於兩百四十便士，一便士等於四顆糖，二十五鎊……等於我幾乎無法想像的一大堆糖果。

「我會存到你的郵局帳戶。」媽媽的話粉碎了我的美夢。

所以那天我的糖果並沒有比往常多。雖然如此，我還是很富有。我已經比不久之前富有二十五鎊。在此之前，我從來沒贏過抽獎，一次也沒有。

我叫她再給我看一次寫著我名字的那張紙才讓她收進手提袋。

那是星期一早上的事。那天下午，老態龍鍾的沃勒里先生來了，他在星期一和星期四來整理花園（他妻子沃勒里太太和他一樣老態龍鍾，她星期三下午會來打掃，腳穿高筒橡膠鞋和超大的半透明鞋套）。沃勒里先生挖著菜園，結果挖出一個罐子，罐裡裝滿便士、半便士、三便士的硬幣，甚至還有四分之一便士。都是一九三七年前的錢幣，我整個下午都在用棕醬❹和醋擦拭錢幣，把錢幣擦得亮晶晶。

媽媽把那罐舊錢幣放到餐廳的壁爐架上，說她猜收舊幣的人可能會出個幾鎊來買。

那晚，我興奮又開心地上床。我很富有。發現了埋藏的寶藏。這世界很美好。

我不記得夢境是怎麼開始的。不過夢就是這樣，不是嗎？我知道我在學校，那天過得很不順，我在躲那種會打我、亂給我取綽號的孩子，但他們還是在學校後面的杜鵑花叢深處找到我，我知道一定是夢（可是在夢裡不曉得。夢境很真實，栩栩如生），因為我祖父和他們在一起，他的朋友也在，都是皮膚灰白，不斷乾咳的老人。他們手裡拿著削尖的鉛筆，就是戳到會流血的那種。我奔跑逃開，但他們動作比我快，老人和大男孩都是，我躲到男廁的隔間裡，但他們追上我，把我壓在地上，把我的嘴大大扳開。

我祖父拿著某種閃亮銳利的東西，用他粗短的手指把那東西塞進我嘴裡（但他其實不是我祖父，只是我祖父的蠟像，他打算把我賣去「解剖」）。那東西又硬又利，感覺熟悉。它噎住了我，讓我呼吸困難。我嘴巴裡都是金屬味。

男廁裡的所有人都用卑鄙又得意的眼神望著我，我決心不讓他們稱心如意，努力不被喉嚨裡的東西噎住。

接著我醒過來，感覺快要窒息。

我不能呼吸。我喉嚨裡有東西，那東西硬梆梆又銳利，讓我無法呼吸，也無法叫喊。我醒來時開始咳嗽，淚流滿面，鼻水奔淌。

---

❹ 棕醬（Brown sauce），主要成分為麥醋，另添加水果和香料，色深濃稠，一般用作鹹點、濃湯或燉肉的調味醬汁。

我慌亂絕望，卻不服輸，拚命把手指往嘴巴裡塞。我的食指尖摸到一個硬物的邊緣，於是把中指伸到那東西後面，此時又噎到自己，然後用兩指夾住，把那鬼東西拔出我的喉嚨。

我猛吸空氣，往我床單上乾嘔，吐出一口帶著斑斑血絲的清澈唾液。我把那東西拔出來時割傷了喉嚨。

我沒看那東西。它緊緊握在我手裡，被我的唾液和痰弄得黏黏的。我希望那東西不存在，因為那是夢境和清醒世界的橋梁。

我跑過走廊，來到房子另一頭的浴室。我漱漱口，直接從冷水的水龍頭喝水，在潔白的水槽吐出紅色液體，再坐到白浴缸邊，攤開手。我嚇壞了。

我手中的東西，也就是剛剛在我喉嚨裡的東西其實並不可怕：只是枚錢幣——一枚銀先令。

我走回臥室，穿好衣服，用沾溼的洗臉巾盡可能清掉那灘嘔吐物，希望晚上睡覺時床單已經乾了。我走下樓。

我想把那枚先令的事告訴別人，但不知道該跟誰說。我夠了解大人，知道如果告訴他們發生了什麼事，他們一定不會相信我。反正我說實話的時候大人似乎很少相信。而這麼難以置信的事，他們憑什麼相信？

妹妹和一些朋友在後花園玩。她看到我，氣呼呼地跑過來，對我說：「我討厭你。媽咪和爹地回家的時候我要告訴他們。」

「什麼？」

「你明明知道。」她說。「我知道是你在搞鬼。」

「什麼東西是我搞鬼？」

「你朝我丟硬幣，我們都被丟了，從矮樹叢後。太過分了。」

「可是我沒丟妳們啊。」

「很痛耶。」

她回到她朋友身邊，她們全都瞪著我。我的喉嚨疼痛不適。

我沿著車道走，不知道自己打算去哪裡——只是不想再待在這裡。結果萊緹．漢絲托站在車道尾端，就在栗樹下。她一副已經等了一百年，但還可以再等上一百年的樣子。她身穿白洋裝，但栗樹春天的嫩葉篩落陽光，染綠了洋裝。

我說：「哈囉。」

她說：「你做噩夢了，對不對？」

我從口袋裡拿出那枚先令給她看，「我醒來的時候被這個噎住了。但我不曉得這怎麼跑進嘴巴裡。如果有人把硬幣放到我嘴裡，我應該會醒來。我醒來的時候這個硬幣已經**在**那裡了。」

「對。」她說。

「我妹說我從矮樹叢後朝她們丟錢幣，可是我沒有。」

「對。」她說。「你沒有。」

我問道：「萊緹？這是怎麼回事？」

「喔。」她一副真相顯而易見的樣子。「只是有誰想給人錢而已，沒什麼。可是做得很差，而且驚動了附近本該沉睡的東西。那可不好。」

「和死掉的那個男人有關嗎？」

「對，和他有關。」

「是他做的嗎？」

她搖搖頭，說：「你吃過早餐了嗎？」

我搖搖頭。

「那好。」她說。「來吧。」

我們一同走過小路。當年，在小路旁零星散布著幾間房子，我們經過時，萊緹．漢絲托指著那些房子說：「那間房子裡，有個男人夢見自己被賣掉，被變成錢。他開始能在鏡子裡看見東西了。」

「什麼樣的東西？」

「他自己。不過眼眶裡有手指伸出來，嘴巴也有東西跑出來。蟹螯之類的。」

我想像鏡子裡的人嘴裡伸出蟹螯的樣子。「我喉嚨裡為什麼會有一先令？」

「因為他想要大家有錢。」

「蛋白石礦工嗎？死在車子裡的那個人？」

「對。差不多。不過也不完全正確。這一切的開端是他，就像有人點燃煙火的引信。他的死引燃導火線，而現在爆炸的東西並不是他，是別人。是別的東西。」

她用髒兮兮的手揉揉長了雀斑的鼻頭。

「那棟房子有位女士發瘋了。」她這麼告訴我，而我完全沒想過質疑她。「她在床墊下藏了錢。如今她怕錢被人搶走，不肯下床。」

「妳怎麼知道？」

她聳聳肩。「在附近待上一段時間就會知道一些事。」

我踢踢一塊石頭。「妳說的『一段時間』，其實是『很久很久』吧？」

她點點頭。

我問道：「妳到底多大了？」

「十一歲。」

我想了想，又問：「妳十一歲多久了？」

她對著我微笑。

我們經過香芹農場。未來我將認識這個農場的主人，也就是卡莉．安德森的父母。這時他們正站在農場的院子裡朝對方大吼大叫。那兩人看見我們，於是停下爭吵。

我們拐過小路的一個彎，離開他們的視線之後，萊緹說：「可憐人。」

「為什麼說他們是可憐人？」

「他們有金錢問題。今天早上他做了一個夢，夢見她……她在做壞事，她想賺錢。於是他看了她的手提包，發現一大堆摺起來的十先令紙鈔。她說她不知道那些錢打哪來的，但他不相信。他不知道該相信什麼了。」

「爭吵和那些夢都和錢有關，對不對？」

「不確定。」萊緹這時顯得好老成，我幾乎有點怕她。

過了良久，她才開口：「不論發生什麼事，都可以解決。」這時她注意到我一臉憂心忡忡，甚至帶著恐懼。她說：「先吃薄餅吧。」

萊緹拿一只大平底鍋，在廚房的爐子上為我和她自己煎薄餅。薄餅薄得像紙一樣，每煎好一張，萊緹就擠上檸檬汁，在中央「啵」地放上一沱李子醬，再緊緊地把薄餅捲起來，像香菸一樣。薄餅煎夠了，我們就坐到廚房桌子邊狼吞虎嚥地吃掉。

廚房裡有個壁爐，前一晚的灰燼還在悶燒。我心想，這廚房真是個溫馨的地方。

我對萊緹說：「我好怕。」

她對我微笑。「我一定讓你安安全全。我保證。**我**不怕。」

我仍很害怕，不過沒那麼怕了。「太嚇人了。」

「我說我保證你不會有事。」萊緹．漢絲托說。「我不會讓你受傷。」

「受傷？」一個沙啞尖銳的聲音傳來。「誰受傷？傷了什麼？為什麼會有人受傷？」

是漢絲托老太太，她兩手抓著圍裙，兜著好多黃水仙，反射的光映在她臉上，她的臉因此變得金黃，廚房也宛如籠罩在黃光之中。

萊緹說：「有東西在惹麻煩，給大家錢。夢裡和現實都有。」她把我那枚先令拿給老太太看。「我朋友今天早上醒來，被這枚先令噎住了。」

漢絲托老太太把她的圍裙擱到廚房桌上，迅速地把黃水仙從圍裙裡挪到桌面，從萊緹手上接過那枚先令。她瞇眼看看，嗅了嗅，搓一搓，側耳傾聽（至少是把錢放到她耳邊），最後用發紫的舌尖碰了一下。

最後她說：「是新的。上面寫一九一二，但昨天之前並不存在。」

萊緹說：「我就知道這東西有什麼古怪。」

我仰望著漢絲托老太太。「妳怎麼知道的？」

「親愛的，問得好。主要是電子衰變。得靠近仔細看才看得到電子。就是看起來像迷你微笑的細小東西。中子看起來像皺眉，灰灰的。電子都笑得有些太開心，不像一九一二年的，所以我檢查了字母邊緣和老國王的頭，發現一切都有點太乾淨俐落。就連磨損處看起來也像刻意磨出來的。」

我對她說：「妳的視力一定很好。」我刮目相看。她把錢幣還給我。

「沒以前那麼好了，話說回來，等你到我這個年紀，視力也不會像以前那麼銳利。」她粗聲大笑，像是說了什麼非常好玩的事。

「妳年紀多大了？」

萊緹看了我一眼，我好擔心我說了唐突的話。有些大人不喜歡別人問起他們的年齡，有些喜歡。按我的經驗，老人都喜歡。他們以年紀自豪。沃勒里太太七十七歲，沃勒里先生八十九歲，他們總愛跟我們說他們有多老。

漢絲托老太太走向一個碗櫃，拿出幾個色彩繽紛的花瓶。「夠老了。」她說。「我還記得月亮形成的時候。」

「月亮不是一直都在嗎？」

「可憐的孩子。大錯特錯。我還記得月亮出現的那一天，我們仰望天空——那時這裡還不是藍和綠，而是髒褐色和煤灰色……」她在水槽把花瓶一一盛到半滿，拿起一把發黑的廚房剪刀，將每枝黃水仙花莖尾端剪掉半英寸。

我說：「妳們確定不是那個男人的鬼魂做的嗎？確定我們不是被鬼魂纏上嗎？」

女孩和老女人都哈哈笑了，我覺得自己好蠢。我說：「不好意思。」

「鬼魂不能做出東西。」萊緹說。「他們甚至不大會移動物體。」

漢絲托老太太說：「去找妳媽。她在洗衣服。」對我說：「你幫我弄水仙。」

我幫著她把花插入花瓶，她問我該把花瓶放在廚房的什麼地方。我們把花瓶按我的建議擺設，被人看重的感覺真好。

黃水仙像一塊塊陽光似的擺在那兒，讓那深色木質的廚房看起來更宜人。地板是紅石板和灰石板，牆壁以石灰刷白。

老太太用淺碟子裝了一塊從漢絲托家的蜂窩挖來的蜂巢給我，又從一個罐子裡倒了一點奶油上去。我用湯匙吃，把蜂蠟當口香糖嚼，讓蜂蜜流進嘴裡，蜂蜜香甜黏膩，帶著野花的餘香。

萊緹和她媽媽走進廚房時，我正刮著淺碟子裡最後一點奶油和蜂蜜。漢絲托太太還穿著笨重的威靈頓雨靴，她十萬火急般大步走進來。

「媽！」她說。「居然給這孩子吃蜂蜜。妳會害他的牙齒爛掉。」

漢絲托老太太聳聳肩。「我會跟他嘴裡那些蟲蟲談一談。」她說。「叫他們別動他的牙齒。」

「不能那樣對細菌呼來喚去。」年輕的漢絲托太太說。「他們不喜歡。」

「什麼蠢話。」老太太說。「不去管那些蟲蟲，他們會無法無天。如果讓他們知道誰是老大，他們聽話都來不及。妳也嘗過我的乳酪。」她轉身對我說：「我的乳酪贏過獎牌呢。好幾面獎牌。在老國王的時代，有人會騎一個星期的馬來買一塊我的乳酪。他們說國王本人都拿來配麵包吃，還有他的兒子迪肯王子、喬佛瑞王子，甚至小約翰王子，他們發誓從沒吃過那麼美味的乳酪……」❺

「外婆。」萊緹打岔，老太太硬生生住口。

萊緹的媽媽說：「妳會需要一根榛木杖。還有……」她有點遲疑地說：「我想妳可以帶著

---

❺ 譯注：應指亨利二世（一一三三至一一八九）及其子理查（迪肯，即後來的獅心王理查）、喬佛瑞、約翰。

這小子。這是他的錢幣，有他在身邊，比較容易帶。總要有個她做的東西。」

「她？」萊緹問，手裡拿著她的獸角柄小刀，刀刃收了起來。

「嘗起來是女性。」萊緹的媽媽說。「不過我可能錯了。」

「別帶這孩子。」漢絲托老太太說。「帶他是自找麻煩。」

我好失望。

「我們不會有事的。」萊緹說。「我會照顧他。他和我一起，像冒險一樣。他會陪著我。外婆，拜託嘛？」

我一臉期待地抬頭看漢絲托老太太，等她回答。

漢絲托老太太說：「要是出了差錯，別說我沒警告妳。」

「謝謝外婆。當然不會。我會小心。」

漢絲托老太太嗤之以鼻。「好了，別幹任何蠢事。謹慎行事。束縛它，關上它的去路，讓那東西繼續沉睡。」

「我知道。」萊緹說。「我都知道了。真的。我們不會有事啦。」

她是這麼說的，結果不然。

4

萊緹帶我來到舊路旁的一片榛樹雜木林。春天裡，榛樹的葇荑花序沉甸甸高掛。她折下一段細枝，用小刀剝除樹皮再切割，最後把枝條修成Y字型。她動作純熟，看起來像做過十萬次似的。萊緹收起小刀（看不出她收到哪去），雙手分別握住Y字型的兩端。

「這不是探測杖。」她對我說。「只是用這來引導。我們先找個藍色的……我想是藍色的瓶子吧。或是什麼藍紫色亮晶晶的東西。」

我和她一起四處張望。「我沒看到。」

「會出現的。」她向我保證。

我放眼四望，看見青草，車道邊有隻紅褐色的雞在啄食，有些生鏽的農用機具，路邊有張木板桌，上面擱著六只空金屬牛奶桶。我看到漢絲托家的紅磚農舍猶如在休息的動物，舒舒服服地蹲踞著。我看到春日的花朵，隨處可見的黃白雛菊、金黃的蒲公英，和小孩會拿來碰朋友下巴，問「你愛不愛奶油」的奶油杯子花❻，牛奶桌下的陰影中孤零零一株遲開的藍鐘花，花

❻ 即毛茛花。

朵上還綴著亮晶晶的露珠……

「那個嗎？」我問道。

「你眼睛真利。」她讚許地說。

我們一同走向藍鐘花。走到花旁邊，萊緹閉上眼睛。她伸出榛木杖，身軀前後搖擺、挪動，宛如鐘或羅盤的中心點，而她的榛木杖就是指針，指向我無法感應到的午夜或某個東方。她突然說：「黑色。」好像在描述夢中的事物。「柔軟的東西。」

我們離開藍鐘花，沿著小路走；有時我想像那條小路應該是從前羅馬開的道路。我們沿著小路走了一百碼，快到那輛Mini當時停的地方，這時她看到了：柵欄的刺鐵絲上鉤著一塊黑色的碎布。

萊緹走上前。她又伸出榛木杖，再次轉呀轉。「紅色。」這次她信心滿滿地說。「非常紅。往那邊。」

我們一同朝她指的方向走去，經過一片牧草地，來到一片小樹林。「那裡。」我驚嘆著說。一具小小的動物屍體躺在一塊青苔上，看起來是田鼠。沒有頭，毛皮上染著鮮紅的血，青苔綴著血珠。的確非常紅。

萊緹說：「好了，從這裡開始要緊抓著我的手臂。別放開。」

我伸出右手抓住她左手肘下方。她移動榛木杖，說道：「往這邊走。」

「我們現在要找什麼？」

「我們越來越接近了。」她說。「下一個要找的是暴風。」

我們鑽進一叢樹叢，穿過樹叢後，來到一片林子，擠過密生的樹木，樹葉在我們頭頂形成厚厚的冠層。我們在林子裡發現一塊空地，於是沿著空地在一片綠色的世界中前進。

我們左邊傳來一聲朦朧而遙遠的雷鳴。

「暴風。」萊緹說完又開始搖擺身體，我抓住她的手臂，和她一起打轉。抓著她的手臂時，我感到一陣顫動通過身體，好像碰到強力的引擎一樣，不過也可能是我的想像。

她往另一個方向走去，我們一同越過一條小溪，她突然停下腳步，踉蹌一下，但沒有跌倒。

我問：「我們到了嗎？」

「還沒。」她說。「還沒。那東西知道我們來了，它感覺到我們，不想讓我們去找它。」

榛木杖像磁鐵被推向相斥的磁極一樣甩來甩去。萊緹咧嘴笑了。

一陣勁風把葉子和塵土颳向我們臉上。我聽見遠處火車般的隆隆聲。視線越來越模糊，我透過樹冠的葉子隱約看見天空幽暗，好像有一大片暴風雲飄到我們頭上，又有如直接從早上變成薄暮。

萊緹喊道：「趴下！」隨即趴到青苔上，把我也拉下去。她伏在那裡，我躺在她身邊，覺得有點蠢。地上溼溼的。

「要多久才能——」

「噓！」她聽起來幾乎生氣了。我沒再說話。

有東西穿過林子，在我們頭頂。我往上一看，看見一個毛茸茸的褐色東西，扁平得像一張大毯子，邊緣拍動、翻捲，毯子前有張朝下的嘴，嘴裡是幾十顆尖細的牙齒。

那東西在我們上方飄揚浮動，然後又離開了。

我問道：「那是什麼？」我的心臟在胸膛裡狂跳，不確定自己還能不能站起來。

「魟狼。」萊緹說。「沒想到我們這麼深入了。」她爬起來，動身往毛茸茸東西離開的方向走去。她揚起榛木杖的尾端，緩緩轉身。

「什麼也沒感應到。」她甩甩頭，想把頭髮弄出眼睛，手還握著榛木杖的叉狀枝不放。「也許是它躲了起來，也可能是我們太靠近。」她咬咬嘴脣，說：「那枚先令。你喉嚨裡那枚。拿出來吧。」

我用左手從口袋裡掏出錢幣，遞給她。

「不行。」她說。「我不能碰，現在不行。放到杖子的交叉處。」

我沒問原因，直接把那枚先令放到Y字型的交點。萊緹伸直雙臂，把木杖末端直直向前伸，極其緩慢地轉身。我和她一起移動，但什麼也沒感覺到。沒有引擎的顫動。我們繞了半圈以上她才停下來說：「你看！」

我看向她面對的方向，但除了樹和林中的影子什麼也沒看到。

「不對，你看。那裡。」她揚著頭示意。

榛木杖的尖端開始徐徐冒煙。她微微向左轉，微微向右轉，再向右一點點，這時杖尖開始發出明亮的橙色光芒。

「我沒見過這種事。」萊緹說。「我用錢當增幅器，但看起來好像——」

忽然「轟！」的一聲，杖子末端起火燃燒。萊緹把木杖插進潮溼的青苔中。她說：「把你的錢拿回去。」於是我小心翼翼地撿起錢幣，怕被燙到，沒想到錢居然冷冰冰的。她把榛木杖留在那片青苔上，燒成焦炭的杖尖還在熊熊冒煙。

萊緹開始前進，我走在她身旁。我們牽著手，她的左手握著我的右手。空氣聞起來怪怪的，有股煙火味，我們每朝森林裡走一步，世界就變得更暗。

「我說我會保護你，對吧？」萊緹說。

「對。」

「我保證不會讓任何東西傷害你。」

「對。」

她說：「只要一直握著我的手就好。別放開。不論發生什麼事，絕對不能放開。」

她的手暖暖的，沒流手汗，令人安心。

「握住我的手。」她又說一次。「除非我叫你做什麼，不然什麼都別做。了解嗎？」

我說：「我覺得有點危險。」

她沒辯駁，只說：「我們比我想像的更深入，比我預期的更深入。我不大確定邊緣這裡住了什麼樣的東西。」

我們來到樹林的盡頭，走進開闊的田野中。

我說：「我們離妳家的農場很遠了嗎？」

「沒有。我們還在農場的邊界上。漢絲托農場蔓延很廣。我們從古老國度過來的時候帶了不少像這樣的東西。農場是和我們一起來的，來時帶了些東西。外婆管那叫跳蚤。」

我不知道我們在哪兒，但不大相信我們還在漢絲托家的土地上，也不大相信我們還在我長大的那個世界。這地方的天空是警示燈的那種暗橘色。植物刺刺的，像參差不齊的巨型蘆薈，深銀綠色，彷彿是由青銅合金鎚鍛而成。

錢幣握在我左手心，原本被體熱弄得溫熱，這時又變涼了，最後冰得像冰塊一樣。我的右手拚命緊握住萊緹．漢絲托的手。

她說：「我們到了。」

我起先還以為我眼前是座建築，以為這是某種和鄉下教堂一樣高的帳篷，橘色的天空下，灰色和粉紅色的帆布在暴風的吹襲中拍動；傾斜的帆布結構因天候而風化，因歲月而殘破。

接著它轉過來，我看到了它的臉，聽到有什麼東西發出嗚咽，好像狗被踢了一腳的聲音，然後才發覺嗚咽的是我自己。

它的臉破破爛爛，眼睛是布料中深邃的洞。那後方什麼也沒有，只有一張灰色的帆布面具，大得超乎想像，破爛不堪，受暴風猛烈吹襲。

有什麼動了，那個破爛的東西低頭望著我們。

萊緹，漢絲托說：「報上名來。」

對方沉默片刻，空洞的眼俯視我們。接著有個和風聲一樣平板的聲音說：「我是這地方的女主人。我在這裡很久很久了，從那些小人兒在岩石上用彼此獻祭的年代之前就在了。孩子，我的名字歸我所有，不屬於妳。別再煩我，否則我就把妳吹走。」它用彷彿破損主帆似的肢體比劃，我感到自己在顫抖。

萊緹・漢絲托捏捏我的手，我生出一點勇氣。她說：「問妳叫什麼，妳卻都在吹噓年紀和歲月。給我報上名來，這是最後一次警告。」她之前聽起來沒這麼像鄉下女孩，或許是聲音中帶著怒意的關係。她生氣的時候說起話感覺不大一樣。

「不。」那灰色的東西低語。「小女孩，小女孩……妳的朋友是誰啊？」

萊緹輕聲說：「什麼也別說。」我點點頭，緊抿雙唇。

「我有點厭了。」那灰色的東西說著，甩動破爛的布手臂使著性子。「有東西來找我，求我給它愛和幫助。它告訴我該怎麼讓它這樣的東西開心，說它們很單純，除了錢，別無所求。只是工作換得的小報酬。如果它開口要求，我甚至會給它們智慧或是平靜，絕對的平靜……」

「少來了。」萊緹・漢絲托說。「妳給不了他們需要的。別再管他們。」

狂風大起，那龐然大物隨風拍動，像巨大的帆布飄揚，風勢平息，那東西的姿態變了，這時似乎更貼地，像某種巨型的帆布科學家端詳白老鼠那樣端詳著我們。

兩隻嚇壞了的白老鼠手牽手。

萊緹的手掌冒汗了。她捏捏我的手，不知是想讓我安心，亦或自己想求安心；我也捏捏她的手。

那張破碎的臉，應該說本該是臉的地方，扭曲了。我覺得它好像在微笑。或許它的確笑了。我覺得它好像在檢視我，拆解我。它彷彿知道我的一切，甚至我自己不知道的部分。

握著我手的女孩說：「不報名字，我就把妳當成無名之物束縛起來。妳還是會被封印，像搗蛋鬼或黑狗靈❼一樣被縛緊封印。」

她等著，但那東西沒回應，於是萊緹．漢絲托開始用我不懂的語言說話。有時她用說的，有時比較像在唱歌，那是我從沒聽過、後來也沒聽人使用過的語言。但我知道那個調子。那是首兒歌。我們唱那首童謠〈男孩女孩來遊戲〉用的就是這個調子。一模一樣，但她用的是更古老的語言。我很確定。

她唱歌時，橘色的天空下發生了一些事。

我們腳下冒出長長的灰色蠕蟲，在大地上蠕動翻騰。

而啪答撲動的那團帆布中央有個東西朝我們直衝而來。那東西比足球大一點。在學校裡玩遊戲時，我該接的東西通常接不到，或是手動得太慢，總被打中臉或肚子。但這東西直直朝我和萊緹．漢絲托衝來，我不假思索，直接**反應**。

我伸出雙手接住那東西，那是一團蜘蛛絲和破布，不停拍打蠕動。我接住時，感到有東西弄痛了我。我腳底傳來一陣劇痛，片刻便消失，好像踩到圖釘似的。

萊緹打掉我抓在手裡的東西，那東西掉到地上便塌掉了。她抓起我的右手，再次緊緊握住。在此同時，她仍不斷唱著歌。

我後來夢見過那首歌，夢過那首旋律簡單的歌裡奇異的歌詞。有的時候我在夢中了解她在說什麼。在那些夢中，我也說那種語言，那是世界最初的語言。而我能支配一切真實事物的本質。夢中那是等同實相的語言，以那語言說的一切都會成真，因為那語言說的話不可能是謊言。那是構成一切事物最基礎的組成。我在夢裡用這語言治療傷病，也用這語言飛翔。我曾夢見我在海邊開了間很棒的小旅館，還供早餐，我用這語言對所有來找我的人說「汝將完整」，於是他們就完整了，從此以後不再是殘缺之人。因為我用了塑造的語言。

萊緹說了塑造的語言，因此我雖然不了解她的話，但我知道她說了什麼。空地的那東西永遠被束縛在那裡，無法掙脫，無法影響在它自己界域之外的任何事物。

萊緹．漢絲托唱完了。

我覺得腦海中彷彿聽見那東西尖叫、抗議、咒罵，但橘色天空下，那個地方卻靜悄悄，只有帆布拍打聲、細枝在風中嘎吱作響，打破寧靜。

---

❼ 黑狗靈（Shuck），黑狗幽靈，出自英國民間故事，常在東英吉利海岸及鄉間遊蕩。shuck 一字來自古英文中的「scucca」，惡魔之意。或可能來自方言「shucky」，毛茸茸之意。

風逐漸止息。

千片撕碎的灰布像死去的東西一樣落在黑色泥土地上，也像被拋棄的待洗衣物。沒有一點動靜。

萊緹說：「這樣應該能束縛住。」她捏捏我的手。我以為她想表現得開朗一點，但並沒有。她聽起來很憂愁。「帶你回家吧。」

我們手牽手走著，穿過泛青的常綠樹林，越過造景池塘上的紅黃漆小橋。我們經過一片田地旁邊，田裡幼嫩的玉米正冒出頭，好像一排排整齊栽植的青草。我們手牽手爬過一道柵欄的木梯，來到另一片田，田裡種的像是小蘆葦或毛茸茸的蛇，有黑有白，有棕有橘有灰，還有斑紋的，都在陽光下輕柔搖曳、一捲一伸。

「這是什麼？」我問。

「你可以拉起來看看。」萊緹說。

我低下頭，我腳邊毛茸茸的捲鬚是純粹的黑色。我彎腰用左手緊緊抓住根部一拔。有東西從土裡被拔起來，氣呼呼地左右搖擺。我的手感覺被一打細針扎到。我拂去那東西上的泥土，向它道歉，而它盯著我，詫異困惑，倒沒那麼生氣。那東西從我手上跳到上衣，我伸手撫摸——是隻黑亮的小貓，一張尖臉充滿好奇，一邊耳朵上有塊白斑，眼睛是特別耀眼的藍綠色。

「我們農場的貓都是用普通方式得來的。」萊緹說。

「什麼方式？」

「大奧利佛。他在異教徒的時代❽出現在農場裡。我們農場裡的貓都是他的後代。」

我看著小貓伸出小爪子掛在我衣服上。

「我可以帶這小子回家嗎？」我問。

「她是母的，不是小子。而且從這地方帶東西回去不好。」萊緹說。

我把小貓放到田邊。她跑開去追一隻蝴蝶，蝴蝶翩然飛離她的攻擊範圍，而她頭也不回，蹦蹦跳跳地跑走了。

「我的小貓被壓死了。」我對萊緹說。「牠還好小。是死掉的那個男人告訴我的，不過開車的不是他。他說他們沒看到牠。」

「真遺憾。」萊緹說。這時我們正經過一片蘋果花盛開的樹冠下，周遭有股蜂蜜的味道。「活的東西就這點麻煩，都沒辦法持久。前一天還是小貓，隔天就變老貓了，接著就只剩下回憶。最後回憶也淡去，混淆模糊……」

她打開一扇五條橫杆的柵門，我們走過柵門。她放開我的手。我們來到了小路底，就在路旁擺銀色牛奶罐的木架附近。世界聞起來很正常。

我問道：「我們真的回來了？」

---

❽指中世紀前期初始階段（西元第五世紀至第八世紀之間），當時英格蘭地區為多神信仰。

「對。」萊緹・漢絲托說。「她再也不會惹麻煩了。」她頓了一下，說：「她好大，對吧？而且好惡毒。我從來沒看過這種。早知道她那麼古老、那麼大又那麼惡毒，我就不會帶你一起去了。」

我很慶幸她帶了我。

接著她說：「要是你那時沒放開我的手就好了。不過你沒事吧？沒出差錯，沒壞事。」

我說：「我沒事。別擔心。我是勇敢的小兵。」我祖父總是這麼說。我複述了她的話。

「沒壞事。」

她對我微笑，笑容開朗而安心。我希望我說對了話。

5

那天晚上，妹妹坐在她床上一下又一下梳著頭髮。她每晚都梳一百下，每一下都數得一清二楚。不知道為什麼。

「你在做什麼？」她問。

我說：「看我的腳。」

我看著我右腳的腳底板，中央有一道粉紅色的線，幾乎從腳掌延伸到腳跟。我還在學走路時踩到過碎玻璃，留下這個疤痕。我還記得事情發生的隔天早上，我在嬰兒床上醒來，看著把傷口兩側縫合的黑色縫線。那是我最早的記憶。對那道粉紅色疤痕我已經習以為常，但疤痕旁腳弓處的那個小洞卻是新的，就在我感到那陣劇痛的地方，不過這時並不疼。只是一個洞而已。

我用食指戳了戳，感覺洞裡有東西縮了回去。

妹妹放下梳子，好奇地看著我。我爬起床，走出臥室經過走廊，來到走廊尾端的浴室。

關於洞的事，我不知道我為什麼沒問大人。我不記得我問過大人任何事，只有情非得以，我才向他們求助。例如某年我用一把小刀挖出膝蓋裡的一個瘤，發現挖得很深才開始痛，也見識到瘤的根部長什麼樣。

浴室儲物櫃的鏡子後有一盒OK繃，以及一把不鏽鋼鑷子，末端又尖又利，用來拔木屑用。我坐在白色浴缸的金屬邊緣，研究腳底的洞。是個乾淨的小圓洞，邊緣整齊。洞裡有東西，所以看不出洞有多深。有東西把它堵住了。光照到的時候，那東西似乎會縮回去。

我手拿鑷子盯著洞看。什麼也沒發生。沒有任何改變。

我把左手食指輕輕蓋到洞上方，擋住光線，再把鑷子尖伸到洞旁，耐心等待。我數到一百（或許是妹妹梳頭髮給我的靈感）。然後拿開食指，把鑷子戳進洞裡。

暫且假設那是蟲——我用鑷子尖夾到了蟲的頭，就在金屬鑷子尖之間，我捏緊鑷子，往外拉。

你試過把蟲拉出洞嗎？你知道牠們會多麼頑強地抵抗嗎？知道牠們是怎麼用全身攀住洞壁嗎？我從腳底的洞裡拉出大約一英寸長的蟲身，然後感覺牠停住了。蟲身是粉紅和灰色的條紋，像受到感染似的。我感覺到牠在我體內撐住，不讓人拔出來。我不怕。這顯然是一般人身上也會發生的事，就像鄰居的貓咪小霧長了蟲一樣。我的腳裡有隻蟲，而我要把蟲弄出來。

我捲動鑷子，把蟲纏在上面，腦裡想的大概是用叉子捲義大利麵吧。蟲想縮回去，但我轉著鑷子，每次只轉動一點點，直到完全拉不動為止。

我感覺到牠在我體內，黏膩又柔韌，努力攀住，像整條都是肌肉似的。我盡可能彎身，伸出左手扭開浴缸的熱水龍頭，就是中央有一個紅點的那個。我讓水龍頭開著，水從水龍頭流進排水孔，放了三、四分鐘才開始冒出蒸氣。

等到水變得熱騰騰，我伸出那隻腳和右手，毫不放鬆鑷子和那一點從我體內捲出的生物。然後將鑷子和鑷子旁的部位伸到熱水龍頭下。水淋上腳，但我常打赤腳，腳皮硬了，因此不以為意。碰到手指的水會燙手，但我對那樣的熱度已經做好了心理準備。蟲卻沒有料到。我感覺牠在我體內屈起來，想縮回去，躲開滾燙的熱水，於是在我腳裡攀住的力道放鬆了。我得意地轉動鑷子，像在掀起世上最完美的結痂，那生物慢慢被拔出來，抵抗的力道越來越弱。

我穩定地拉著牠，一直拉到最後，牠一被拉到熱水下就變得癱軟。我感覺到蟲子幾乎完全被拉了出來，但我太自信、太得意、太沒耐性，扯得太急又太用力了，蟲子就這麼被我拔了出來。可是拔出來的末端有斷口，汩汩流著液體，像被硬生生拔斷似的。

即使那生物在我腳裡留下什麼東西，也只有一丁點大。

我仔細觀察蟲子。蟲身是深淺不一的灰，粉紅色條紋，一節一節的，像蚯蚓那樣。離開熱水，牠似乎開始恢復了。被我夾住的蟲頭掛在鑷子上，但纏在鑷子上的蟲身軟垂蠕動（那**是**牠的頭嗎？怎麼分辨呢？）

如果不是不得已，平常我不喜歡殺害動物。我不想殺死牠，但總得擺脫牠。牠很危險，這是無庸置疑。

我把蟲夾到浴缸的排水孔上方，蟲在滾燙的水下扭動。接著我鬆開鑷子，看牠消失在排水管。我讓水流了一陣子，把鑷子洗乾淨，最後在腳底那個洞上貼了一個ＯＫ繃，再把浴缸的塞子塞起來，以免蟲子從排水孔爬上來，最後才關上水龍頭。我不知道牠死了沒，但我不覺得蟲能從排水管爬上來。

我把鑷子放回浴室鏡後原處，關上鏡子，然後望著鏡中的自己。

我納悶著**我**到底是誰，望著鏡中那張臉的究竟是什麼。我在那年紀時常思考這種事。我知道我看著的那張臉不是我，因為無論我的臉發生什麼事，我都還是我。但那樣的話，我又**是什麼**？正在看鏡子的是什麼東西？

我回到臥室。那晚輪到我開著房門，我等妹妹睡著，不會打小報告了，才就著走廊微弱的燈光讀一篇《祕密七人團》❾的故事，直到睡著。

6

有件事我得承認：我很小的時候，大概三、四歲吧，有時候就像小怪物。好不容易等到我長大成人，孩提時的可怕行為可以拿來挖苦消遣之後，幾個阿姨在不同的場合都用意第緒語跟我說：「你以前是猴死囝仔。」但我其實不記得自己表現得像小怪物。我只記得我總想照自己的意思做。

小孩子覺得自己是神（至少有些這麼覺得），只有這世界完全按他們的觀點運行，才會滿足。

但我那時已經不是小孩子。我七歲了。我以前什麼也不怕，這下卻成了擔心受怕的孩子。腳裡生蟲的事沒嚇到我。我沒提起蟲的事。不過隔天心裡納悶，不知道大家是不是常常染上腳蟲，還是這種事只發生在漢絲托家農場邊緣的橘色天空下，只發生在我身上。

醒來之後，我撕掉腳底的OK繃，洞開始癒合，我鬆了口氣。原來有洞的地方變成粉紅

---

❾《祕密七人團》（*The Secret Seven*, 1949），以一群孩童偵探為主角的小說，作者為英國兒童文學作家伊妮德・布萊頓（Enid Blyton）。

色，像個血泡，不過就只有這樣。

我下樓吃早餐。媽媽看起來很開心。她說：「親愛的，好消息。我找到工作了。迪克森眼鏡需要一位驗光師，他們希望我今天下午就上工。我一週會工作四天。」

我不在意。我自己一個人好得很。

「還有其他好消息。我不在的時候，會有人來照顧你們兩個小孩。她叫娥蘇拉。她會睡在你以前樓梯頂的那間臥室。她的工作有點類似管家，會讓你們小孩有東西吃，還會清理家裡──沃勒里太太的髖骨出了問題，要幾個星期才能回來。爹地和我都在工作，有人能留在這裡，我會安心很多。」

「可是你們沒有錢啊。」我說。「你們說你們一點錢也沒有了。」

「所以我才要接驗光師的工作。」她說。「娥蘇拉會照顧你們，換取食宿。她得在本地待幾個月。她今天早上打電話來，履歷漂亮極了。」

我希望她人不錯。六個月前的前任管家葛楚妲人不大好，老愛對我和妹妹惡作劇，把被單摺短，讓我們鑽不進被子之類的，我們毫無招架之力。最後我們拿著抗議標語走出房子，上頭寫的是：「我們恨葛楚妲」、「我們不喜歡葛楚妲做的菜」，還在她床上放小青蛙，最後她才回瑞典去。

我拿了本書，走進花園。

這是個暖和的春日，陽光普照，我沿繩梯爬上高大的山毛櫸最低的分枝，坐在這兒看書。

看書的時候，我什麼都不怕。我到了遙遠的地方，回到古埃及，知道關於哈瑟的事，她以母獅的形體大步走遍埃及，殺人如麻，染紅了埃及的沙，他們把啤酒、蜂蜜和安眠藥混在一起，把這混合物染紅，讓她以為是血，她喝下去之後睡著了，他們這才打敗她。之後，眾神之父「拉」讓她成為愛神，因此她讓人類受的傷只會是心裡的傷。

我不懂為什麼神要這樣。為什麼他們不趁有機會的時候殺了她，一勞永逸。

我喜歡神話。神話既不是大人的故事，也不是兒童的故事。神話比那些更棒。反正**就是這樣**。

大人的故事都很沒道理，而且起步好慢。那些故事讓我覺得成人的世界有些祕密，帶有共濟會氛圍、神祕虛幻的祕密。大人為什麼不想讀納尼亞、祕密的島嶼、走私客和危險的妖精呢？

我有點餓了，於是爬下我的樹，往房子後面走去，途中經過飄散洗衣皂味道和霉味的洗衣間，經過一間放煤炭和柴火的小棚屋，經過屋外的廁所，廁所裡有蜘蛛掛在那邊等待，木門漆成花園的綠色。我從後門進屋，經過走廊，進了廚房。

媽媽在廚房裡，裡頭還有個我沒見過的女人。看到她時，我感到心痛。我是指真的心痛，不是比喻。我胸膛裡一陣刺痛，痛楚一閃而逝。

妹妹坐在廚房桌上吃著一碗麥片。

那個女人很漂亮。她有一頭稍短的蜜色金髮，灰藍色的大眼睛，淡色口紅。即使以大人而言，她看起來也很高。

媽媽說：「親愛的，這位是娥蘇拉．蒙克頓。」我沒說話，只是瞪著她瞧。媽媽推推我。

「妳好。」

「他很害羞。」娥蘇拉．蒙克頓說。「相信我們熟了之後，一定會變成好朋友。」她伸手拍拍妹妹鼠褐色的頭髮。妹妹露出缺牙的微笑。

「我**好**喜歡妳。」妹妹說。接著她對我和媽媽說：「我長大以後要當娥蘇拉．蒙克頓。」

媽媽和娥蘇拉笑了。「妳這個小可愛。」娥蘇拉．蒙克頓說。接著她轉身面對我。「那你呢？我們也是朋友了嗎？」

我只是愣愣看著她。她是大人，一頭金髮，一襲灰色和粉紅色的洋裝，我很害怕。她的洋裝沒破破爛爛。我想只是款式的關係，那種樣式的衣服就是那樣。但我注視著她，腦中卻開始想像她的衣物在沒風的廚房裡啪啪飄揚，像橘色天空下寂寥海洋上的船隻主帆那樣鼓動。

我不知道我回答了什麼，也許根本什麼都沒說。我雖然餓了，卻連蘋果都沒拿就離開廚房。

我拿著書走到後花園，來到陽臺下、電視間窗戶下的花床旁，又開始看書。在埃及那些動物頭的神祇之間，我忘了飢餓。他們把彼此切成一塊塊，又讓彼此起死回生。

這時妹妹來到花園裡。

「我好喜歡她。」她跟我說。「她是我朋友。你想看看她給我什麼嗎？」她拿出一只灰色的小錢包，就是媽媽放在手提包裡裝零錢的那種錢包，開口用金屬的蝴蝶夾固定。看起來像皮製的，不知道是不是老鼠皮。她打開錢包，手指伸進去，拿出一枚大銀幣：半克朗。

「你看！」她說。「你看我有什麼！」

我想要半克朗。不對，應該說我想要半克朗可以買到的東西：魔術道具、塑膠的整人玩具、書……好多好多東西。但我不想要一只裝了半克朗的灰色小錢包。

我對妹妹說：「我不喜歡她。」

「你不喜歡她，只因為是我先看到她。」妹妹說。「她是**我**的朋友。」

我不覺得娥蘇拉．蒙克頓是任何人的朋友。我真想去找萊緹．漢絲托，警告她娥蘇拉．蒙克頓的事——但我能說什麼？說新來的管家兼保姆穿灰色和粉紅色的衣服？說她看我的眼神很奇怪？

真希望我沒放開萊緹的手。我確信娥蘇拉．蒙克頓的事情是我的錯，這下子我沒辦法把她沖下排水孔，或是在床上放青蛙擺脫她了。

我應該現在就離開，拔腿跑走，衝過一里左右的小路去漢絲托家的農場，但我沒有，之後一輛計程車把媽媽載去迪克森眼鏡公司，她在那兒讓人透過鏡片看字母，再幫助他們看得更清楚，而我被留下來和娥蘇拉．蒙克頓在一起。

她拿了一盤三明治走進花園。

「我跟你們媽媽談過了。」她說，淡色口紅下掛著甜美微笑。「我在這裡的時候，你們小朋友不能跑太遠。你們要到房子或花園的哪裡都行，我也可以陪你們一起走去你們朋友家，可是不能離開家的範圍隨意遊蕩。」

「沒問題。」妹妹說。

而我沒說話。

妹妹吃了一塊花生醬三明治。

我餓壞了。我納悶著三明治到底危不危險，而其實我不曉得。我很怕吃下三明治，那東西就會在我胃裡變成蟲，鑽過體內，占據我的身體，最後鑽出我的皮膚。

我回到房子裡，推開廚房的門，娥蘇拉．蒙克頓不在廚房。我在口袋裡裝滿水果，有蘋果、橘子和硬硬的褐色西洋梨，還拿了三根香蕉塞進毛衣口袋，然後逃到我的實驗室。

那是間漆成綠色的小屋，我管那叫我的實驗室，那裡離房子最遠，緊臨巨大的舊車庫。小屋旁長著一棵無花果樹，不過我們從沒嘗過那棵樹結的果，只看過大片的葉子和青綠的果實。我之所以把那間小屋叫作實驗室，是因為我把化學實驗組收在那裡。化學實驗組是可以使用很久的生日禮物，但我在試管裡做出某種東西之後，爸爸就把實驗組逐出家門。當時我隨便拿東西混在一起，拿去加熱，最後從試管裡噴發，變成一團黑，散發一股揮之不去的阿摩尼亞氣味。爸爸說他不介意我做實驗，但他要實驗組待在房子裡聞不到味道的地方（我們其實都不知道我能實驗什麼。不重要，媽媽在她生日時得到了化學實驗組，看看她現在多有出息）。

我吃了一根香蕉、一顆西洋梨，把其餘的水果藏到木桌下。

大人依循路徑，孩子則自由探索。大人安於同一條路走個幾百、幾千次，或許他們從沒想過可以離開路徑，鑽進杜鵑花叢下，尋找籬笆之間的空隙。我是小孩，我知道十來種不用經過私人車道就離開我家土地到小路上的辦法。我決定溜出實驗小屋，沿著牆走到草坪邊緣，鑽進圍在花園外的杜鵑和月桂之間。我會從月桂那裡溜下小丘，翻過圍在小路旁的生鏽金屬柵欄。

沒人注意我。我奔跑，再躡手躡腳穿過月桂叢，爬下小丘，鑽過上次我走這條路之後才冒出來的黑莓和蕁麻叢。

結果娥蘇拉．蒙克頓就等在小丘下，站在生鏽的金屬柵欄正前方。她如果跑去那裡，我不可能沒看到，但她確實在那兒。她手臂在胸前交叉，眼睛注視著我，灰粉洋裝在一陣風中飄揚。

「我應該說過你不能離開家的範圍吧。」

「我又沒有。」我裝出理直氣壯的樣子，但心知我的立場薄弱。「我還在範圍裡。只是在探險。」

「你鬼鬼祟祟跑來跑去。」她說。

我沒說話。

「你應該回你房間，我才能看著你。該午睡了。」

我這年紀早就不需要午睡了，但我還太小，不能和大人爭論。至少還爭不贏。

「好啦。」

「不可以說『好啦』。」她說。「要說，『是，蒙克頓小姐』，或是『女士』。說，『是，女士』。」她用藍灰色的眼睛俯視我，我想起帆布上腐爛的洞，當下看起來不再漂亮。

我說：「是，女士。」我好恨我自己。

我們一同爬上小丘。

「你父母住不起這個地方了。」娥蘇拉．蒙克頓說。「他們也養不起這個地方。他們很快就會明白，想解決他們的財務問題，就得把這間房子和花園賣給土地開發商。**這一切**——」所謂**這一切**指的是糾結的黑莓叢，是草坪後雜亂無章的世界。「——將變成一堆完全一樣的房子和花園。幸運的話，你們可以住進其中一間，不然就只能嫉妒住進來的人。你希望變成那樣嗎？」

我喜歡這間房子和花園。我喜歡這個地方雜亂破舊的模樣。我愛這個地方，這裡像是我的一部分，或許某方面而言的確如此。

「妳是誰？」我問。

「我是娥蘇拉．蒙克頓。是你們的管家。」

我說：「妳到底是誰？為什麼要送錢給人？」

「無論是誰都想要錢。」她一副理所當然。「錢讓人快樂。只要你願意，錢也會讓你快樂。」

我們離開黑莓叢，來到那堆割下來的草旁，就在那圈我們稱為妖精圈的綠草後面。偶爾，天氣潮溼的時候，妖精圈裡會長滿鮮黃的蕈類。

「好了。」她說。「回你房間去。」

我從她身邊跑開——拚了命地跑，穿過妖精圈、跑過草坪、經過玫瑰叢、衝過柴房、跑進屋子。

娥蘇拉．蒙克頓就站在後門迎接我，但她不可能超過我的，不然我應該會看到她。她的頭髮完美無瑕，口紅像剛剛搽上去一樣。

「我在你身體裡。」她說。「所以奉勸你一句，你跟任何人提起任何事，他們都不會相信。而且因為我在你體內，所以我會知道。我可以讓你永遠無法跟別人提起我不要你說的任何事，永遠永遠。」

我上樓回到房間，躺在床上。我腳底之前長蟲的地方發疼抽痛，這下子胸口也痛了。我遁入腦中的某本書裡。每次我覺得現實生活太辛苦或太無力，我就會遁去那個地方。我拿下幾本媽媽孩提時讀的舊書，讀著女學生在一九三〇和四〇年代的冒險故事。她們通常會遇上走私客、間諜或第五縱隊（之類的）❿，那些女孩總是很勇敢，總是知道該怎麼做。而我不勇敢，我完全不曉得該怎麼辦。

我從來不曾這麼寂寞。

---

❿ 第五縱隊（Fifth columnists），泛稱隱藏在對方內部、尚未曝光的敵方間諜，源自一九三六至一九三九年間西班牙內戰時期。

我納悶著漢絲托家有沒有電話。恐怕沒有，但不是不可能——搞不好當初向警方報告那輛Mini被棄車的就是漢絲托太太。電話簿在樓下，但我知道查號臺的電話，只要請他們查住在漢絲托農場、姓漢絲托的人就好。爸媽的臥室有電話。

我下了床，走到門口往外張望。樓上的走廊沒人。我盡量壓低聲音，盡快走進隔壁的臥室。這間臥室的牆是淡粉紅色，爸媽的床鋪著床罩，上頭布滿印花大玫瑰。一扇落地窗通往沿房子那一側而建的陽臺。床邊奶油色燙金的床頭桌擱著奶油色的電話機。我拿起話筒，聽見單調的嗡嗡撥號音，撥了查號臺的號碼，我的手指將撥號盤上的洞往下勾，一個一，一個九，一個二。我等待話務員接電話，告訴我漢絲托農場的號碼。我拿了一枝鉛筆，準備把電話號碼記在一本藍色的布面精裝書後面，這本書的書名是《潘西拯救了學校》。

話務員沒接電話。撥號音繼續響，然後娥蘇拉．蒙克頓的聲音蓋過撥號音：「有家教的年輕人不會想偷溜出房間用電話，對吧？」

我沒出聲，不過很確定她能聽見我呼吸。我把話筒放回話筒架，回到我和妹妹的房間。

我坐在床上望著窗外。

我的床緊靠窗戶下的牆邊。我喜歡開著窗睡覺。雨夜最棒了，我會打開窗戶，躺在枕頭上，閉上眼感覺風吹著我的臉，感覺樹在風中嘎吱搖曳。幸運的話，還會有雨滴吹到我臉上，我會想像我人在汪洋上，在自己的船裡，船正隨起伏的波濤搖盪。我並沒有想像自己是海盜，或要往哪裡去。我就只是在船裡。

但這時沒下雨，也不是晚上。我望向窗外，只看到樹木、雲朵和遠方泛紫的地平線。

我在生日得到的那個蝙蝠俠塑膠大玩偶下面藏了應急的巧克力補給品，我把巧克力吃了，邊吃邊想起我放開萊緹．漢絲托的手、接住那顆爛布球，以及隨後腳上的劇痛。

我心想，是我帶來她的。我知道的確是這樣。

娥蘇拉．蒙克頓不是真的。在橘色天空下的開闊鄉間，那東西啪啪飄揚，之後用蟲的形體竄過我身體，而她只是那東西戴的某副紙板面具。

我繼續讀《潘西拯救了學校》。學校隔壁空軍基地的祕密結構圖被間諜偷走，要交給敵人，而間諜正是在學校菜園工作的那些老師，文件就藏在挖空的蔬菜裡。

「老天啊！」倫敦警察廳走私犯與間諜部（Smugglers and Secret Spies Division，the SSSD）著名的大衛森督察說：「我們根本就不會想到去搜那裡！」

嚴厲的校長難得露出溫暖的微笑，眼神閃閃發亮，她說：「潘西，我們很抱歉。妳拯救了學校的名聲！」潘西覺得，或許她整個學期都錯看這個女人。校長又說：「好了，別得意忘形——妳不是該給老師背點法文的動詞變位嗎？」

我腦子有大部分雖然充滿恐懼，但有部分的腦子還是很享受潘西的經歷。我等著爸媽回家。我會告訴他們發生了什麼事。我一定會告訴他們。他們會相信我的。

爸爸當時在離家一小時車程的辦公室工作。我不確定工作內容是什麼。他有位人很好的漂亮祕書，她有隻小型貴賓狗，每次她知道我們這些小孩要去找爸爸，就會從家裡把貴賓狗帶來，讓我們和狗玩。有時我們經過一些建築物，爸爸會說：「那棟是我們的。」但我對建築物沒興趣，所以從來沒問他這麼說是什麼意思，也不知道他說的「我們」是誰。

我躺在床上，書一本接著一本看，最後娥蘇拉·蒙克頓出現在房門口，說：「你可以下樓了。」

妹妹在樓下的電視間看電視。她在看一個叫《原理是什麼》的節目，節目中會介紹通俗科學與事物的原理，開場時，頭戴美國原住民頭飾的幾位主持人會齊聲說：「原理是什麼？」同時發出令人尷尬的戰吼。

我想轉到ＢＢＣ，但妹妹耀武揚威地看著我說：「娥蘇拉說我想看什麼就看什麼，你不准轉臺。」

我和她一起坐著看了一下下，螢幕上有個留鬍子的老人正在教全英格蘭的孩子怎麼綁假餌。

我說：「她人不好。」

妹妹說：「我喜歡她。她好漂亮。」

五分鐘後，媽媽回家了，她在走廊高聲問候，然後進廚房去看娥蘇拉·蒙克頓，接著又冒出頭。「等爹地回家就可以吃晚餐了。你們去洗手。」

妹妹上樓去洗手。

我對媽媽說：「我不喜歡她。妳可以叫她離開嗎？」

媽媽嘆口氣。「親愛的，不會**再**發生葛楚妲那時的情形。娥蘇拉是個好家庭來的好女孩，而且她真的**很喜歡**你們兩個。」

爸爸回家了，晚餐上桌，有濃郁的蔬菜湯，烤雞、新鮮的馬鈴薯和冷凍豆子。我喜歡桌上所有的食物，卻什麼也沒吃。

「我不餓。」我解釋道。

娥蘇拉・蒙克頓說：「我不喜歡說人閒話，不過有人下樓的時候手上和臉上好像沾了巧克力。」

「你最好別吃那些垃圾食物。」爸爸嘟噥道。

「那只是精製的糖。會讓你沒胃口，毀掉牙齒。」媽媽說。

我擔心他們會逼我吃，但他們沒逼我。我飢腸轆轆地坐在那兒，看著娥蘇拉・蒙克頓聽爸爸說笑話，不住輕笑。我總覺得他為她講了特別的笑話。

晚餐後，我們大家一起看《虎膽妙算》⓫。我一向很喜歡《虎膽妙算》，這次卻看得不太

⓫《虎膽妙算》（*Mission: Impossible*），美國一九六六年至一九七三年製作的電視影集，為電影《不可能的任務》前身。

舒服。裡面的人不斷扯掉他們的臉皮，露出下面的臉。他們戴著橡膠面具，面具下的都是我們所知的主角，但我心裡納悶，如果娥蘇拉．蒙克頓扯掉她的臉，底下會是什麼？

睡覺時間到了。這晚輪到妹妹，所以臥室的門關上了。我好想念走廊的燈光。我開著窗躺在床上，清醒無比，聽著老房子在一天的尾聲發出各種聲響，然後全心全意地許願，希望我的願望能成真。我希望爸媽會讓娥蘇拉．蒙克頓離開，我會走小路去漢絲托家的農場，把我做的好事告訴萊緹，而她會原諒我，讓一切安然無恙。

我睡不著。妹妹已經睡著了。她只要想睡，似乎隨時都能睡著，而我沒辦法，我好羨慕這種能力。

我走出臥室。

我在樓梯頂徘徊，傾聽樓下傳來電視的聲音，然後赤腳輕聲爬下樓梯，坐在樓梯底算來的第三階。電視間的門半掩，我若再往下一階，正在看電視的不知名人士就會看到我，所以我只是等在那裡。

我聽見電視裡的人聲交雜著陣陣罐頭笑聲。

這時，大人的講話聲壓過了電視裡的聲音。

娥蘇拉．蒙克頓說：「你太太每天晚上都不在嗎？」

爸爸的聲音說：「不。她今晚是去準備明天的事。不過從明天開始會每週晚歸一次。她正在村政廳為非洲募款，要給他們鑽井，應該還有宣導節育吧。」

「喔。」娥蘇拉說：「**那**我知道了。」

她笑了，笑聲尖銳清脆，聽起來友善、真誠又實在，一點也沒有破布啪啪飄揚的感覺。接著她說：「小水壺兒有大耳……」過了一下，電視間的門整個打開，娥蘇拉．蒙克頓直直望著我。她重新化了妝，重上淡色的口紅和濃密的睫毛。

「上床睡覺。」她說。「快去。」

「我想和我爸講話。」我不抱希望地說。她沒說話，只一個勁兒微笑，笑中毫無暖意或愛意，我走上樓梯，爬上床，躺在黑暗的臥室裡，最後放棄讓自己睡著，然而，睡意卻在我毫無預期時籠罩了我，我不安穩地睡著了。

7

隔天很糟。

我醒來時，爸媽都已出門。

天氣變涼了，天空是蒼涼又不好看的灰。我穿過爸媽的臥室陽臺，這裡從他們臥室延伸到我與妹妹那間臥室外，我站在長陽臺上，向天祈求，希望娥蘇拉・蒙克頓已經厭倦這個遊戲，祈禱我再也不用看到她。

我下樓的時候，娥蘇拉・蒙克頓就等在樓梯底。

「小水壺兒，規矩和昨天一樣。」她說。「不能離開你家的範圍。你敢試試看，我就把你鎖進臥室關到晚上，等你父母回來，我會告訴他們你做了一些噁心的事。」

「他們才不會相信妳。」

她露出甜美的微笑。「你確定嗎？如果我告訴他們，你掏出小雞雞，把尿噴得廚房滿地都是，我還得把地拖乾淨、消毒一遍呢？我想他們會相信我。我很有說服力。」

我離開房子，走去我的實驗室。我吃掉前一天藏在那裡的水果。我讀了《珊蒂識破一切》（也是媽媽的藏書）。珊蒂是勇敢但貧窮的女學生，陰錯陽差被送到貴族學校，學校裡大家都討厭她。最後珊蒂揭發了地理老師的祕密：那女人居然是國際布爾什維克組織的成員，真正的地理老師被她綁了起來。故事的高潮是在全校集會，珊蒂勇敢地站起來發表演說，開頭是這樣的：「我知道我不該被送來。我之所以來到這裡，只是行政疏失，『姍』是女字旁的『姍蒂』被送去了鎮上的文法學校。不過我來這裡真是老天保佑。因為史椎不靈小姐冒名頂替別人。」

最後，從前討厭珊蒂的人都擁抱了她。

爸爸提早回家。我記得他好幾年沒這麼早回家了。

我想跟他說話，但一直找不到與他獨處的時機。

我從我那棵山毛櫸的枝幹上看他們。

他先帶娥蘇拉．蒙克頓去看花園，得意地展示玫瑰花叢、黑醋栗叢、櫻桃樹和杜鵑花，一副他也有功勞的樣子。其實我們買下屋子的五十年前，沃勒里先生就開始種下那些植物、勤加照料。

他所有的笑話都逗得她哈哈笑。我聽不見他在說什麼，但看得出他知道自己講了好笑的話時嘴角勾起的微笑。

她站得離他太近了。有時他的手會友善地擱在她肩頭。他站得離她那麼近，我覺得很不安。他不知道她的真面目。她是怪物，他卻以為她只是普通人，而他只是對她友善。她這天穿了不同的衣服，灰裙子，一般稱做膝下裙的那種，還有粉紅上衣。

換作別的日子，如果我看到爸爸在花園裡走動，我會跑向他。但那天不一樣。我怕他會生氣，也怕娥蘇拉．蒙克頓不曉得會說什麼，害他生我的氣。

爸爸生氣的時候，我很怕他。他的臉輪廓分明，通常和和氣氣，生氣時則滿臉通紅，大吼大叫，叫聲憤怒響亮，我聽到時真的會無法動彈。我會無法思考。

他沒打過我。他不相信不打不成器。他會說從前他父親是怎麼打他，母親是怎麼拿著掃帚追他，而他和他們不同。他氣到對我大吼大叫的時候，偶爾會提醒我他不會打我，好像我該因此感激在心。我讀到的校園故事裡，不乖的孩子常常吃鞭子、挨拖鞋，然後就能被原諒，事情就了結了，我有時真羨慕故事裡的孩子，覺得他們活得比較乾脆。

我不想靠近娥蘇拉．蒙克頓；我怕惹爸爸生氣。

我納悶著是不是該趁這時逃出我家，往小路盡頭去，但我確信如果我真的去了，一抬頭就會看到爸爸生氣的面孔，他旁邊則是娥蘇拉．蒙克頓幸災樂禍的漂亮臉蛋。

於是我只在山毛櫸粗壯的枝幹上看著他們。他們走到視線外，到了杜鵑花叢後面時，我爬下繩梯進了房子，上到陽臺，從陽臺繼續看他們。那天陰沉沉的，不過到處都開了奶油黃的黃水仙還有遍野的白水仙，外圍的花瓣潔白，喇叭形的位置深橘。爸爸摘了一束白水仙送給娥蘇拉．蒙克頓，她笑了，似乎說了什麼話，然後行了一個屈膝禮。他鞠躬回禮，又說了句話逗笑她。我猜他應該是宣告他是身披閃亮盔甲的騎士之類的。

我好想俯身往下朝他喊，警告他，說他正在送花給怪物，但我沒行動。我只是站在陽臺上看，而他們沒抬頭，沒看到我。

我那本希臘神話說，白水仙的英文源自一個俊美的年輕男子納西瑟斯，他的容貌太過迷人，連他也愛上自己，看到水池中自己的倒影，不忍離去，最後死在池畔，諸神只好將他變成一株花。我讀到這個故事時，腦中想到的是白水仙應該是世上最美的花朵。後來發現白水仙只是沒那麼亮眼的黃水仙，我好失望。

妹妹出了屋子，走向他們。爸爸抱起她盪了盪。他們一同走進屋裡，妹妹被爸爸抱在懷裡，摟著他的頸子，娥蘇拉．蒙克頓則抱著懷裡的黃白鮮花。我看著他們。我看到爸爸一手抱著妹妹，空出來的那隻手往下挪，放到娥蘇拉．蒙克頓穿著膝下裙的臀部隆起處，貌似不經意卻帶著占有欲。

若是現在，我的反應應該會不同。當時我沒多想。畢竟我才七歲。

從陽臺不難爬上我臥室的窗戶，於是我從窗戶爬進去，爬到床上，讀起一本書，書裡有個女孩不肯丟下她的小馬，所以待在海峽群島對抗納粹。

我邊看書邊想，娥蘇拉．蒙克頓不可能永遠把我關在這裡。遲早（最多幾天吧）會有人帶我到鎮上，或帶我離開這裡，我就能去小路盡頭的農場，告訴萊緹．漢絲托我做了什麼。

接著我又想，或許娥蘇拉．蒙克頓**只需要幾天的時間**。這念頭嚇著了我。

那天晚上，娥蘇拉．蒙克頓做了肉餅當晚餐，我不肯吃。我決心不吃她做的、煮的或碰過的任何東西。爸爸不是很高興。

「可是我不想吃。」我對他說。「我不餓。」

那天是星期三，媽媽開會去了，他們要募款讓非洲需要水的人能鑽井。會議在隔壁村子的村政大廳舉行，在大路再下去。她做了海報，有水井的圖表，還有人微笑的照片。而晚餐桌旁坐了妹妹、爸爸、娥蘇拉．蒙克頓和我。

「但這東西很好，對你很好，而且很好吃。」爸爸說。「這個家不准浪費食物。」

「我說了我不餓。」

我沒說實話。我餓到肚子都痛了。

「那只嘗一小口就好。」他說。「你最喜歡吃了。肉餅、馬鈴薯泥和肉汁。都是你愛吃的啊。」

廚房裡有兒童桌，爸媽有朋友來，或者會吃得比較晚時，我們就在那裡用餐。但那晚，我們在大人這桌吃晚餐。我比較喜歡兒童桌，在那裡我覺得沒人注意我。不會有人看著我吃東西。

娥蘇拉．蒙克頓就坐在爸爸身邊，她注視著我，嘴角隱隱掛著微笑。

我知道我該閉上嘴生悶氣，別作聲。但我忍不住了。我得告訴爸爸為什麼我不想吃。

「我不要吃她做的任何東西。」我對他說。「我不喜歡她。」

「吃掉你的食物。」爸爸說。「至少嘗一嘗。還有，向蒙克頓小姐道歉。」

「不要。」

「用不著道歉。」娥蘇拉．蒙克頓同情地說，看著我微笑。同桌的另外兩個人應該都沒注意到她的微笑帶著些許興味，也沒注意到她的表情、微笑或破布似的雙眼中毫無憐憫。

「他非道歉不可。」爸爸說。他的聲音大了那麼一點，臉紅了那麼一點。「我不能任他對妳無禮。」他對我說：「你為什麼不道歉，為麼不吃娥蘇拉替我們準備的好菜？說個理由啊？說啊？」

我不大會說謊，於是便告訴他了。

「因為她不是人。」我說：「她是怪物。她是……」漢絲托家是怎麼稱呼她這樣的東西？「她是**跳蚤**。」

爸爸面紅耳赤，緊抿著嘴，說：「出去。去走廊上。現在。」

我的心一沉，爬下凳子，跟著他走到走廊。走廊上暗暗的，唯一的光源來自廚房門上那塊透明玻璃。他俯視著我：「你回廚房去，跟蒙克頓小姐道歉，安靜禮貌地吃完你那盤晚餐，然後直接上樓睡覺。」

「不要。」我對他說。「我不要。」

我拔腿就跑，奔過走廊，繞過轉角，碰碰跑上樓梯。我確信爸爸會追過來。他是我的兩倍大，動作很快，但我用不著跑太久。整棟房子只有一個地方能反鎖，而我正朝那裡跑去。我跑到樓梯頂左轉，沿走廊跑到底，搶在爸爸之前跑到浴室，重重關上門，拴上銀色的小門閂。

他沒追來。他也許覺得追著小孩跑太丟臉。但沒過多久，我就聽見他用拳頭捶著門，接著聽到他的聲音說：「開門。」

我沒說話。我坐在毛絨馬桶墊上恨他，幾乎像恨娥蘇拉．蒙克頓一樣恨。

門又碰碰作響，這次更大聲了。他提高聲音讓木門後的我聽見。「你不開門，我就破門而入。」

他有辦法破門而入嗎？不知道。門鎖著，上鎖的門應當能阻止人進來。門上了鎖，表示有人在裡面，別人要進浴室時會轉轉門把，門沒開，他們會說：「不好意思！」或是大喊：「還要很久嗎？」然後——

門向內爆開。銀色的小門閂掛在門框上，已扭曲變形，爸爸站在門口，整個人將門擋住，他瞪大眼睛、露出眼白，氣得滿臉通紅。

他說：「好呀。」

他只說了這兩字，但手緊緊抓住我的上臂，緊得我怎麼也無法掙脫。我不知道這下他會怎樣做。他終於要打我了嗎，還是叫我回房間，或朝我放聲大吼，讓我希望自己不如死掉？

結果都不是。

他把我拖向浴缸，彎腰把白色的橡皮塞塞進排水孔，轉開冷水的水龍頭。冷水湧出，潑到浴缸的白色搪瓷上，穩定而緩慢地盛滿浴缸。

水嘩啦啦地流。

爸爸轉身向敞開的門，對娥蘇拉．蒙克頓說：「我來處理。」

她站在門口，抓著妹妹的手，一臉溫柔關切，眼中卻帶著得意。

爸爸說：「關上門。」妹妹嗚咽了起來，娥蘇拉．蒙克頓關上門，不過有個絞鏈不大密合，最後還被壞掉的門閂卡住，所以門只能虛掩。

只剩我和爸爸了。他的臉由紅轉白，嘴脣緊抿，我不知道他要做什麼，也不懂他為什麼要在浴缸裡放水，但我很害怕，怕死了。

「我會道歉。」我對他說。「我會跟她說對不起。我只是隨口說說，她不是怪物，她……她很漂亮。」

他沒回話。水放滿了，他關掉水龍頭。

然後他一股腦把我抱起來，大手撐在我的腋下，輕易就把我撈起，我感覺自己好像一點重量都沒有。

我看著他，看著他臉上堅決的表情。他上樓前已脫去外套，身上穿著一件淡藍襯衫，打著栗色變形蟲圖案的領帶。他那只伸縮錶帶的手錶已經拿下來，擱在窗臺上。

這時我明白他要做什麼了。我踢著腳，手拍打他，卻徒勞無功，他將我推進冷水中。

我嚇壞了，不過起初是因為發生違背常規的事而恐慌。我的衣服穿得好好的，這樣不對。我還穿著拖鞋，這也不對。洗澡水是冷的，太冷、太不對了。他將我壓進冷水裡，我的腦中一開始是這些念頭，他繼續把我往下壓，頭和肩膀都被壓到冰冷的水面下，於是恐慌的本質變了。我心想，*我要死了*。

想到死，我就決定活下來。

我揮動雙手，想抓住什麼，卻什麼也抓不到，只摸到滑溜溜的浴缸壁。（過去兩年我都在這浴缸裡洗澡，我在這裡讀了不少書。這是讓我安心的地方之一。這下子我深信我要死在這浴缸裡了。）

我在水面下睜開眼睛，發現那東西垂在我眼前漂動，那是我求生的機會，於是我用雙手抓住。那是爸爸的領帶。

我緊緊抓住，他把我往下壓，我就把自己往上拉——真的拚了命地抓住領帶用力拉，把臉抬出冰凍的水，我抓得很緊，他如果想把我的頭和肩膀壓進水裡，他自己也得泡下去。

我的臉終於探出水面，我咬住他的領帶，就咬在領結下面。

我們搏鬥著。我渾身溼透，但我知道他也溼透了，他的藍襯衫緊貼高大的身軀，我因此感到淡淡的得意。

他又開始把我往下壓，然而對死亡的恐懼可以給人力量——我的雙手和牙齒緊鉗住他的領帶，他得動手打我才能讓我鬆開。

而爸爸沒打我。

他直起身子，我被他拉起來，溼淋淋咳著水，一邊哭，一邊生氣又害怕。我的牙齒放開他的領帶，不過手沒鬆開。

他說：「你毀了我的領帶。放手。」領帶結縮成豌豆大，襯裡翻出來，溼答答地垂在旁邊。他說：「你媽不在，算你好狗運。」

我放了手，落到浴室溼透的踏墊上，往後朝馬桶退了一步。他俯視著我，說：「回你房間去。今晚我不想再看到你。」

我轉身回房。

8

我渾身溼透，猛打哆嗦，覺得很冷，好冷好冷，感覺熱量都被吸走似的。溼衣服貼在身上，冷冰冰的水滴下地板。我每走一步，拖鞋就發出滑稽的啾啾聲，拖鞋面上的菱形小洞裡冒出水來。

我脫掉所有衣服，在火爐旁的地磚上堆成溼漉漉的一座小山，底下逐漸滲出一灘水。我從壁爐架上拿了火柴盒，轉開煤氣開關，點燃煤氣爐的火焰。

（我望著池塘，剛剛那些令人難以置信的事浮上心頭。不過回想起來，我怎麼覺得最難以置信的是五歲女孩和七歲男孩的臥房裡有煤氣爐？）

房裡沒有毛巾，我溼淋淋地站在那兒，思考該怎麼把自己弄乾。我拿起蓋在床上的薄床單擦身子，穿上睡衣。那件紅睡衣是尼龍材質，條紋的布面帶著光澤，左邊袖子上有黑色燒焦結塊的痕跡，有一次我太靠近煤氣爐，睡衣燒了起來，但我沒燒傷手臂，真是奇蹟。

臥室門後掛著我幾乎沒穿過的晨袍，走廊的燈開著，當臥室門也開著，晨袍的位置剛好在牆上投出嚇人的影子。我穿上晨袍。

這時臥室的門開了，妹妹進來，從她枕頭下拿出睡衣，說：「你太壞了，他們甚至不讓我跟你待在同間房間。今晚我要睡爸媽床上，爹地說我可以看**那臺電視**。」

爸媽房間角落有臺放在木電視櫃裡的電視，幾乎從來沒打開過。畫面的垂直定位已經不可靠，模糊的黑白影像容易一道道飄移——人的頭會在螢幕下方消失，腳則一本正經地從螢幕上方往下飄。

我對她說：「看就看啊。」

「爹地說你毀了他的領帶。而且他全身都溼了。」妹妹的語氣裡帶著滿意。

娥蘇拉．蒙克頓出現在臥室門邊，對妹妹說：「我們不跟他說話。在准他重新加入這個家之前，我們不跟他說話。」

妹妹溜出去，到隔壁的爸媽房間去了。我對娥蘇拉．蒙克頓說：「妳不屬於我家。媽咪回來後我會告訴她爹地做了什麼。」

「她還要兩小時才會回來。」娥蘇拉．蒙克頓說。「而且你跟她說又能改變什麼？她什麼事都跟你爸站在同一邊，不是嗎？」

沒錯。他們總是炮火一致。

「別跟我唱反調。」娥蘇拉．蒙克頓說。「我有事要做，你在妨礙我。再發生這種事，就沒這麼簡單了。下次我會把你鎖在閣樓裡。」

「我不怕妳。」我說。其實我好怕她，從來沒這麼害怕過。

「這裡好熱。」她說著，露出微笑，走過去彎腰關掉煤氣爐，拿走壁爐架上的火柴。

我說：「妳依然只是隻跳蚤。」

她不笑了。她的手伸向門框上方小孩搆不到的高度，拿下那裡的鑰匙。她走出房間，關上門。我聽見鑰匙轉動，聽見鑰匙和鎖咬合，發出卡答一聲。

我聽見隔壁的房間傳來電視的聲響，聽見走廊的門關上，隔絕了兩個房間和家中其他地方，我知道娥蘇拉．蒙克頓下樓去了。我走向門鎖，瞇眼看進鑰匙孔。我在一本書上讀到，可以用鉛筆把鑰匙推出鑰匙孔，讓鑰匙掉到擱在地面的紙上，打開房門逃出房間……可是鑰匙孔空空如也。

我哭了，我好冷，身上還溼答答，我在那間臥室痛心、氣憤、恐懼地哭了，哭得痛快，心裡很清楚不會有人進來看我，不會有人笑我哭。在學校，只要有男生蠢到忍不住眼淚，就會被嘲笑。

我聽見雨打著臥室窗戶的輕柔啪答聲，但即使這聲音也沒讓我開心多少。

我哭到精疲力竭，陣陣抽噎，心想，如果我試圖逃出家的範圍，娥蘇拉．蒙克頓那隻如帆布飄揚的怪物、那隻蟲、那隻跳蚤會逮住我。一定會。

可是娥蘇拉．蒙克頓把我鎖在房裡。她應該沒料到我會在這時候逃出去。

而且，如果我夠走運，她的心思也許在別的事情上。

我打開臥室的窗戶，傾聽夜裡的聲音。雨柔柔地下，聽起來幾乎像沙沙作響。這天晚上很冷，而我原本就已經冷到了。妹妹在隔壁房間看電視。她不會聽見我的聲音。

我走向門邊，關掉房間的燈。

我穿過黑暗的房間，爬回床上。

我心想，我在床上，我躺在床上，想著我多麼難過。我等等就會睡著了。我在床上，我知道她贏了，如果她來查看，會發現我躺在床上睡著了。

我躺在床上，我該睡覺了……我的眼睛都睜不開了。我睡得很熟。躺在床上睡得很熟……

我站到床上，爬出窗戶。我撐了一下，放開手，盡量靜悄悄地落在陽臺。這部分算簡單。

長大的過程中，我在書裡學到很多訣竅。對於人的所做所為，我的了解大多來自於書本。書是我的老師，也給我許多忠告。書裡寫男生爬樹，所以我就爬樹，有時爬得很高，老是害怕摔下來。書裡寫可以爬排水管進出房子，所以我也爬排水管，爬上爬下。我爬的是老式鐵製的沉重排水管，固定在磚塊上，不同於今日那種輕質的塑膠玩意兒。

我從來沒在黑暗中爬下排水管，也沒在雨中爬過，但我知道哪裡能踩腳。我也知道雖然一失足會跌落二十英尺，滾進潮溼的花床，但最大的挑戰不是不要失足。最大的挑戰是，我爬的排水管會經過樓下的電視間，我認為娥蘇拉和爸爸就在那裡看電視。

我盡量不去思考。

就這樣，我翻過陽臺邊的磚牆，伸出手，最後搆到雨中冰冷溼滑的鐵排水管。我抓住排水管，往排水管跨出一大步，光腳踩上金屬水管箍，也就是環繞排水管，把水管緊緊固定在磚頭上的東西。

我往下爬，一次踏一步，想像自己是蝙蝠俠，想像自己像校園故事裡的一百個男或女主角，回過神又想像自己是牆上、磚頭上、樹上的一滴雨水。我心想，我在床上。我不在這裡，看著光線從下方窗簾敞開的電視間發散而出，把飄過窗邊的雨照成絲絲閃亮的直線與各種線條。

我心想，別看我。別看出窗戶。

我一點一點往下爬。我通常會從排水管跨到電視間外面的窗臺，但這次絕不能這樣爬。我小心翼翼地又往下幾寸，避開光，縮向陰影中，心驚膽顫地往電視間裡瞥一眼，覺得會看到爸爸和娥蘇拉．蒙克頓回望著我。

結果電視間裡什麼人也沒有。

燈開著，電視也開著，但沒人坐在沙發上，通往樓下走廊的門開著。

我輕鬆地往下跨到窗臺上，抱著渺茫的希望，祈禱他們都不會回電視間撞見我。接著我從窗臺跳到花床。潮溼的泥土踩起來軟軟的。

我準備要跑，不顧一切地跑，但會客廳透出光線，我們小孩子從沒去過那裡，只有最有意義、最特別的場合才會使用那個橡木內裝的房間。

窗簾拉了下來，是絲絨材質，白色襯裡。窗簾沒拉緊，透出柔和的金色光芒。

我走向窗戶。窗簾沒完全拉上。我可以看進會客廳，看到面前發生的事。

我其實不大確定我看見了什麼。爸爸壓著娥蘇拉．蒙克頓，緊貼著會客廳另一端的大壁爐邊。他背對著我，她也一樣，她的雙手貼在高大的壁爐架上。他從後面抱著她，膝下裙拉到腰間。

我當時不大明白他們在做什麼，其實也不在乎。唯一要緊的是娥蘇拉．蒙克頓的注意力在別的事情上，沒空理我，於是我離開窗簾上的空隙和燈光與房子，赤腳逃向雨中的黑暗。

今夜並非伸手不見五指。這是那種多雲的夜晚，雲朵似乎會吸納遠方街道和房屋的燈火，反射大地。眼睛適應之後，我能看到的就夠多了。我跑到花園底，跑過肥料堆和廢草堆，跑下小丘，跑到小路上。黑莓和荊棘戳著我的腳、刺著我的腿，但我繼續狂奔。

我翻過低矮的金屬柵欄，來到小路上。我離開了我們家的範圍，原先沒察覺到的頭痛似乎瞬間消失。我焦急地低喊：「萊緹？萊緹．漢絲托？」同時心想，我在床上，這一切都是我的夢。夢境真是栩栩如生。我躺在床上，但我覺得娥蘇拉．蒙克頓當時沒想著我。

我邊跑邊想起爸爸，他的手臂摟住假冒管家的那東西，吻著她的脖子，然後我在腦海中透過冰冷的浴缸水看到他的臉，他將我往下壓，但現在我不再害怕發生在浴室的事了。爸爸親吻娥蘇拉．蒙克頓的脖子，他的手把她的膝下裙撩到腰上，我怕的是他做這些事代表的意義。

爸媽一向是一體，神聖不可侵犯的一體，然而未來突然間變得難以預料——什麼事都可能發生。我人生的火車剛剛出軌，衝向田野，隨我沿著小路衝去。

我跑呀跑，小路的碎石刺痛了我的腳，但我不在意。我相信那個自稱娥蘇拉．蒙克頓的東西很快就會忙完爸爸的事。或許他們會一起上樓查看我狀況。她發現我不見，就會來追我。

我心想，如果他們來追我，他們會開車。我開始找小路兩邊樹籬的空隙。我發現一座跨過柵欄的梯子，爬過梯子，拔腿跑上草坪，心臟像有史以來最大最響亮的鼓一樣怦怦跳，我光著腳，睡褲和晨袍的膝蓋以下都溼透。我跑著，踩到牛糞也不以為意。牧草地踩起來比碎石小路輕鬆多了。我跑在草地上，覺得開心了點，而且也感覺比較真實。

我背後傳來隆隆雷鳴，但沒看到閃電。我爬過一道柵欄，腳沉進犁完田的軟綿綿泥土裡。我踉蹌穿過田，偶爾跌倒，而我繼續前進，爬過梯子，進入隔壁的田地，這裡沒翻土，我沿籬笆旁跑過這片田，以免太深入開闊的地方。

一輛車的車燈突然從小路掃過來，好刺眼。我在原地僵住不動，閉上眼想像自己睡在床上。車開過時絲毫沒減速，駛遠後，我瞥了一眼紅色的車尾燈，原來那是輛白色的有蓋貨車，我想應該是安德斯家的車。

總之，有車開過，小路感覺沒那麼安全了，於是我朝遠離小路的方向切過草地。我來到下一片田地，和我所在之處只有細細的鐵絲相隔，甚至不是帶刺鐵絲，輕易就能從下面鑽過，於是我伸手撥開一條，好從下面鑽過去，然後——

感覺好像胸口中了一擊，而且是很重的一擊。我手臂上原來勾著柵欄鐵絲的地方不住抽搐，手掌灼熱，像手肘撞了會發麻的地方剛剛撞到牆一樣。

我放開通電的柵欄，踉蹌後退。我跑不動了，但在風雨與黑暗中沿著柵欄疾行，小心避開柵欄，最後來到一扇五條橫杆的柵門口。我爬過柵門，越過田野，往另一端更深沉的黑暗走去（我想那裡應該有樹，是林地）。我沒太靠近田野邊緣，以免又有通電的柵欄等著我。

我開始猶豫，不大確定接下來要往哪走。閃電彷彿在回應我似的，把世界照亮了一瞬間，不過我也只需要一瞬間。我瞥見柵欄旁有一座木梯，於是朝那裡跑去。

爬過木梯，我踩進一叢蕁麻裡，我知道那是蕁麻，因為裸露的腳踝和腳背都有種又熱又涼的刺痛感，不過我這時又開始跑了，盡可能快。希望我還是往漢絲托家農舍的方向前進。一定是的。我又穿過一片田野，才發現自己不再清楚小路在什麼方向，不再清楚自己在哪裡。我只知道漢絲托家的農場在我那條小路的盡頭，但我在黑暗的田野中迷失了方向，而且雷雨雲低垂，夜晚一片漆黑，雨還在下，只是雨勢還不大。偏偏我的想像力使得黑暗中充滿狼和鬼魂。我不想再幻想了，不想再想了，但我沒辦法。

狼、鬼魂與會走動的樹後面還有娥蘇拉．蒙克頓，她對我說，下次我再違抗她，就沒那麼簡單了。下次她會把我鎖在閣樓。

我並不勇敢。我在逃避一切，而且我又冷又溼又迷惘。

我放聲大喊：「萊緹？萊緹．漢絲托！妳在嗎？」但沒有回答，一如我預期。

雷聲轟隆，持續低鳴，像被激怒的獅子，閃電像壞掉的螢光燈管一樣閃爍，忽明忽滅。在閃爍的電光中，我隱約望見我所在的那片田野。兩側有籬笆，沒有出口。我看不到柵門，整片田地除了遙遠那端我爬進來的那座木梯，沒有別的梯子能爬出去。

一陣劈啪聲傳來。

我望向天空。我在電視上看過電影裡的閃電，呈鋸齒狀的長叉光芒劃過雲間。但在這之前，我親眼看過的閃電都只是天上閃下的白光，有如照相機的閃光燈，以清晰的閃光灼亮世界。那時，我在空中看到的卻不一樣。

而且那不是叉狀的閃電。

閃電來來去去，灼亮的藍白光芒在空中翻騰。光芒暗去又亮起，閃耀的光照亮了牧草地，清晰地呈現在我眼前。轉眼間，毛毛細雨變成傾盆大雨，雨勢強勁，吹打著我的臉，幾秒內，我的晨袍就溼透了。但在光亮中，我看到右手邊的籬笆有個缺口（但也可能是看錯）。我再也跑不動，怎麼也跑不動了，只好加速朝那個缺口走去，希望真的有個缺口在那裡。溼淋淋的晨袍在強風中拍打，啪答聲好嚇人。

我沒抬頭看天上，也沒回頭看。

但我看得到田野的另一端，籬笆之間的確有個開口。我快來到籬笆開口時，有個聲音說話了：

「我不是叫你待在房間嗎。你怎麼像溺死的水手一樣鬼鬼祟祟跑來跑去？」

我轉身往後，什麼也沒看到。我背後沒有人。

然後我抬起頭。

自稱娥蘇拉．蒙克頓的東西就飄在空中，在我頭上大約二十英尺處，閃電閃爍，劃過她後方的天空。她沒在飛，她飄浮著，像氣球一樣毫無重量，但猛烈的勁風沒吹動她。

風呼號著鞭笞我的臉。遠方的雷隆隆巨響，小規模的雷劈里啪啦，她輕聲說話，但一字一句清晰無比，好像在對我耳語。

「噢，心肝小寶貝，你的麻煩大了。」

她咧嘴露齒，露出我所見過最燦爛的微笑，但她看起來一點也沒有開心的模樣。

我在黑暗中逃離她身旁，逃了……大概半小時？還是一小時？真希望我留在小路上，沒有試圖穿過田野。如果走小路，我應該已經到漢絲托家的農舍，這下子卻迷失方向，走投無路。

娥蘇拉．蒙克頓飄降下來。她粉紅色襯衫的釦子解開，敞開衣衫，露出白色的胸罩。她的膝下裙在風中飛舞，露出小腿。雖然風雨大作，但她身上看來沒溼，衣服、臉和頭髮完全都是乾的。

她這時飄在我上方，伸出手。

閃電順從地在她身旁閃爍竄動，打亮了她的一舉一動。她的手指像快速播放的花朵綻放畫面那樣展開，我知道她在逗我，我知道她希望我做什麼，我好恨自己沒辦法堅定不屈，但我還是讓她稱心如意：我跑了。

我是任她玩弄的小東西。她在玩，就像我看過怪物（那隻橘色的大公貓）逗老鼠玩一樣——放牠走，讓牠逃跑，然後縱身一跳，一掌把牠壓住。但老鼠還是會逃，而我別無選擇，也只能逃跑。

我踉踉蹌蹌，又溼又疼，拚了命跑向籬笆的缺口。

我逃跑時，她的聲音在我耳邊響起。

「我說過我會把你關在閣樓吧？我說到做到。你爸爸現在很喜歡我。我要他做什麼，他就做什麼。也許現在開始，每天晚上他都會爬上梯子，把你放出閣樓。他會要你從閣樓下來，爬下梯子，然後每晚把你壓進浴缸裡，把你壓進冷冰冰的水裡。我會叫他每晚這麼做，等我厭煩了，我會叫他別把你撈起來，就這麼把你壓進水底，直到你再也不會動，你的肺裡只剩下水和黑暗。我會讓他把你丟在冰冷的浴缸裡，你再也動不了。每一晚，我會一再親吻他……」

我穿過籬笆的空隙，跑在柔軟的草地上。我周圍的一切被閃電的霹靂聲還有一股古怪刺鼻的金屬味離我好近，我的皮膚都刺痛了。閃爍的藍白光芒照得越來越亮。

娥蘇拉．蒙克頓輕聲說：「等你爸爸終於把你丟在浴缸不管，你反而會鬆一口氣。」我彷彿感覺到她的嘴唇拂過我的耳朵。「因為你不喜歡待在閣樓。不只是因為閣樓很黑，有蜘蛛還有鬼，更因為我會帶我的朋友來。光天化日之下看不到他們，但他們會和你一起在閣樓裡，而你絕對不會喜歡。我朋友啊，他們不喜歡小男孩。他們會裝成狗那麼大的蜘蛛，會有裡面空無一物的舊衣服扯著你不放。他們就在你腦袋裡。而且你在閣樓的時候，再也不會有書本和故事，永遠都沒有了。」

那不是我的想像。她的嘴唇真的拂過我的耳朵。她飄在我身旁的空中，她的頭湊在我的頭旁，她發現我在看她，便露出那虛假的微笑，而我再也跑不動了。我幾乎無法動彈，腰側抽痛，喘不過氣，我完了。

我兩腿一軟，踉蹌跌倒，這次沒能爬起來。

我感覺兩腿間有股熱流，低頭一看，看見睡褲的褲襠湧出黃色液體。我七歲，不再是小孩子，卻嚇得尿溼褲子，像小嬰兒一樣，我卻什麼辦法也沒有。娥蘇拉．蒙克頓飄在我上方的空中冷冷地看著我。

獵捕的過程結束了。

她在離地三英尺的空中站直身子，我則四腳朝天癱在她下方溼漉漉的草地上。她無情地緩緩落下，宛如故障電視螢幕上的人影。

有東西碰到我的左手，軟軟的。那東西蹭蹭我的手，我轉過頭看，很怕看到像狗一樣大的蜘蛛。借著娥蘇拉．蒙克頓身邊竄動的閃電光芒，我看到手旁有一抹黑。一側耳朵上有個白點的一抹黑。原來是小貓。我捧起小貓，把牠抱近我的心口撫摸。

我說：「我不會跟妳去。妳不能逼我。」坐起來後，我感覺沒那麼無助，因此我坐了起來，小貓蜷起身子，在我手中安頓下來。

「心肝小男孩呀。」娥蘇拉．蒙克頓的腳著地，自身的閃電照亮了她，像一幅用灰色、綠色和藍色畫成的女人畫像，然而又不是真正的女人。「你只是個小男孩，而我是大人。你的世界還只是一球熔岩的時候，我就已經是大人了。我想對你做什麼就做什麼。給我站起來，我要帶你回家了。」

小貓的臉埋在我胸前，這時發出不像喵喵叫的尖銳聲音。我別過頭，轉頭看向後面。

有個女孩越過田野朝我們走來，她穿了件鮮紅色的連帽雨衣，腳踏一雙黑色的威靈頓雨靴，穿在她腳上顯得太大。她無所畏懼地走出黑暗，仰頭看著娥蘇拉．蒙克頓。

「離開我的土地。」萊緹．漢絲托說。

娥蘇拉．蒙克頓往後退一步，升入空中，懸在我們上空。萊緹．漢絲托也沒低頭看我坐在哪，便伸手向我，握住我的手，和我十指交扣。

「我沒碰到妳的土地。」娥蘇拉．蒙克頓說。「小女孩，走開。」

「妳就是在我的土地上。」萊緹．漢絲托說。

娥蘇拉．蒙克頓微笑了，閃電在她身邊盤繞竄動。她站在聲聲霹靂的空中，有如力量的化身。她是暴風，是閃電，是擁有力量、祕密的成人世界，那世界愚蠢、漫不經心又殘酷。她對我眨眨眼。

而我是七歲大的男孩，我雙腳割傷流血，剛剛尿溼了褲子。飄在我上方的那東西龐大而貪婪，打算帶我去閣樓，等它厭倦了我，會叫我爸爸殺了我。

我握著萊緹．漢絲托的手，覺得勇敢了些。不過萊緹雖然是大女孩，已經十一歲，而且十一歲非常久了，終究只是個女孩。而娥蘇拉．蒙克頓是大人。在這一刻，即使她是一切怪物、女巫、噩夢的化身，她終究是大人，而大人和小孩發生衝突的時候，贏的永遠是大人。

萊緹說：「妳最初從哪裡來，就回哪裡去。待在這裡對妳不健康。為了妳自己好，回去吧。」

空氣中一陣噪音，那是一種恐怖扭曲的搔抓聲，充滿痛苦與不協調，聽得我渾身不對勁；小貓的前掌正擱在我胸前，那聲音令牠身體一僵，毛髮直豎。這隻小東西扭動身子，攀上我的肩，嘶叫哈氣。我抬頭看娥蘇拉．蒙克頓，看到她的臉，才明白那是什麼聲音。

娥蘇拉．蒙克頓在大笑。

「回去？你們把**永恆**扯裂一個洞的時候，我把握了機會。我大可以統治那些世界，但我跟著你們來，靜待時機，我可有耐性了。我知道束縛遲早會鬆動，而我會漫步在**天國太陽**下的真正的**大地**上。」她不笑了。「小女孩，這裡的一切都好虛弱、好脆弱。他們要的好簡單。在這個世界，我高興拿走什麼就拿走什麼，我就像從灌木摘了黑莓、塞滿小胖嘴的小孩。」

我沒放開萊緹的手，這次不會放了。小貓正把尖細的爪子扎進我肩頭，我摸摸牠，牠咬了我，但咬得不重，牠只是害怕。

暴風颳起，她的聲音從四面八方傳來。「妳們長久以來都阻止我來這裡。但妳帶給我一扇門，我就用他離開牢籠。我都出來了，妳們還能怎麼辦呢？」

萊緹聽了似乎不生氣。她想了想，說：「我可以重新替妳造一扇門。不然乾脆叫外婆把妳送回海洋另一邊，送回妳當初來的地方。」

娥蘇拉．蒙克頓朝草地上啐了一口，落下的地方出現一小球火焰，在地上發出劈啪嘶嘶的聲響。

她只說：「把男孩給我。他是我的。我從他身體裡來到這個地方。他屬於我。」

「才怪，鬼才屬於妳。」萊緹．漢絲托憤怒地說。「至於他，妳想都別想。」萊緹扶著我站起來，她站到我後面，摟著我。我們是黑夜裡田野間的兩個孩子。她摟著我，我摟著小貓，而那聲音在我們上頭和四面八方說道：「妳能怎麼辦？帶他回妳家嗎？小女孩，這是個依規則運作的世界。他終究還是屬於父母。帶走他，父母就會來帶他回家，而他父母是我的。」

「我受夠妳了。」萊緹．漢絲托說。「我給過妳機會。妳在我的土地上。給我滾。」

她說話的同時，我的皮膚出現摩擦完毛衣的氣球碰到臉和頭髮的感覺，全身上下都刺刺麻麻的。我的頭髮溼透了，但即使溼透，仍然像要豎起來似的。

萊緹．漢絲托緊摟著我，低語道：「別擔心。」我正要開口，問為什麼不用擔心，我該害怕什麼，我們腳下的田野開始發光了。

一片金光。每片草葉、每棵樹上的每片葉子都閃閃生輝，甚至樹籬也在發光。光線很溫暖。在我眼裡看來，彷彿草下的土地從平凡基本的事物變成了純粹的光，而牧草地的金光中，娥蘇拉．蒙克頓身邊的藍白閃電雖然仍舊劈啪作響，看起來卻沒那麼厲害了。

娥蘇拉．蒙克頓搖搖晃晃往上飄，空氣好像變熱了，要載著她往上飛似的。這時萊緹．漢絲托用古語對這世界低喃，牧草地便化為萬丈金光。我沒感覺到風，但應該有，因為我看到娥蘇拉．蒙克頓被捲走，像狂風中的枯葉一樣飄搖。我看著她陷入黑夜，娥蘇拉．蒙克頓和她的閃電便消失無蹤。

「來吧。」萊緹．漢絲托說。「該把你弄到廚房的火爐前洗個熱水澡。傷風也是能要命的。」

她放開我的手，不再摟著，退開來。金黃的光芒一點一點變弱，最後消失，只剩下樹叢中逐漸滅去的點點亮光與閃爍，好像營火之夜時煙火燒盡的那一刻。

「她死了嗎？」我問。

「沒有。」

「那她就還會回來，妳就麻煩了。」

「倒也未必。」萊緹說。「你餓了嗎？」

被她一問，我知道我餓了。不知怎麼我忘了肚子餓的事，這下才想起來。我真是餓到胃都痛了。

「我瞧瞧……」萊緹領著我穿過田野，邊走邊說話。「你溼透了。我們得找衣服給你穿。我得翻翻綠臥室櫥櫃的抽屜。雅弗表哥去打老鼠戰爭的時候⓬應該留了些衣服在那裡。他的個子沒比你大多少。」

小貓正用粗糙的小舌頭舔我的手指。

「我找到一隻小貓。」我說。

⓬ 老鼠戰爭（the Mouse War），應是指一九二六年底加州克恩郡（Kern County）的豪雨使千萬隻老鼠逃離農地，四處肆虐，人類束手無策，後有大量猛禽出現捕食，最後隔年初的另一陣豪雨淹死了其餘的老鼠（老鼠大量繁殖可能和當時大量捕殺猛禽與郊狼、山貓有關）。

「我看到了。應該是從你把她拔起來的那片田裡跟著回來的。」
「這是**那隻**小貓？我從田裡抓起來的那隻？」
「對啊。她跟你說她叫什麼名字了嗎？」
「沒有。貓會跟人說自己的名字嗎？」
「有時候會。你用心聽的話。」
前方出現漢絲托農舍溫馨的燈光，我歡欣鼓舞，不過其實有點不懂我們怎麼能這麼快就從那片田野回到農舍。
「你運氣很好。」萊緹說。「十五英尺之前還是科林．安德斯的田。」
「可是妳會來。」我對她說。「妳依然會救我。」
她捏捏我的手臂，沒說話。
我說：「萊緹，我不想回家。」這不是實話，我想回家想得要命，只是不想回到這晚我逃離的地方。我想回去的，是蛋白石礦工在那輛白色小Mini裡自殺、甚至他輾過我的小貓之前的那個家。
那球黑色的毛挨向我胸前，我真希望她是我的小貓，但我知道沒有辦法。雨勢又變回毛毛雨了。
我們嘩啦踩過深水坑，萊緹穿著她的威靈頓雨靴，我則光著腳。來到農莊院子時，空氣中瀰漫著刺鼻的肥料味，我們穿過一扇側門，走進農舍的廚房。

9

萊緹的媽媽正用撥火棒朝著大火爐裡面戳，把燃燒的木塊推在一起。

漢絲托老太太用大木杓攪動爐上圓敦敦的圓鍋。她把木杓湊到嘴邊，誇張地吹氣，啜飲杓裡的液體，抿抿嘴，加一撮東西進去，又加了一把別的。她把火關小，看向我，從溼頭髮一路看到凍得發青的光腳。我站在那裡，腳下的石板漸漸積了一灘水，晨袍的水滴進水窪。

「洗個熱水澡。」漢絲托老太太說。「不然傷風也是能要命的。」

「就說嘛。」萊緹說。

萊緹的媽媽已經著手從廚房桌下拖出一個錫澡盆，從火爐上巨大的黑水壺倒入熱騰騰的熱水，又加入一壺壺冷水，直到她說溫度剛好。

「好啦。進去吧。」漢絲托老太太說。「快點。」

我驚恐地看著她：我得在陌生人面前脫衣服嗎？

「我們會把你的衣服洗好，幫你把衣服弄乾、補好晨袍。」萊緹的媽媽說，她接過我的晨袍，抱走小貓（我幾乎忘記我還抱著她），就這麼走開。

我飛快脫去紅色尼龍睡衣：褲子溼透，褲管破破爛爛，補不好了。我用手指頭測測水溫，爬進錫澡盆，坐在那個令人安心的廚房的熊熊爐火前。我的腳逐漸恢復知覺，陣陣抽痛，我知道**光著身子**不對，但漢絲托家的人似乎都對我的光溜溜不以為意。萊緹帶著我的睡衣和晨袍離開，她媽媽正拿出刀叉、湯匙、大小罐子、切肉刀和木盤擺放在餐桌上。

漢絲托老太太遞給我一只馬克杯，杯裡盛滿爐上黑鍋裡的湯。「喝下去。先讓你從裡面暖起來。」

熱湯濃郁溫暖。我從來沒坐在浴缸裡喝過湯，這是全新的體驗。喝完之後，我把馬克杯還給她，她又給了我一大塊白色的肥皂和一條洗臉巾，說：「開始擦洗吧，把活力和溫暖擦回你骨子裡。」

她坐到火爐另一邊的搖椅上輕搖，沒看我。

我覺得很安心。與祖母有關的各種事物的精華彷彿在那一刻濃縮在那處。那當下，在那個地方，不論娥蘇拉・蒙克頓是什麼，我都不怕了。

年輕的漢絲托太太打開烤箱門，拿出一個餡餅，晶亮的餅皮是亮澤的褐色，她把餡餅擱在窗臺上放涼。

我用她們拿給我的一條毛巾擦乾身子，火的熱度也把我烤乾，這時萊緹・漢絲托回來了，她拿給我好大一團白色的東西，看似女孩的睡袍，不過是白棉布做的，袖子很長，下襬垂到地板，還有頂白帽。我猶豫不決，不知該不該穿上，弄了半天才明白這是什麼：這是件老式睡袍。我在書上看過這種睡袍的圖片。我的每一本童謠裡，小威利溫基⓭都穿這種睡袍在鎮上跑。

我套上睡袍。睡帽太大了，垂到臉上，於是萊緹把睡帽收回去。

晚餐棒極了。有一大塊牛肉配烤馬鈴薯，馬鈴薯烤得外頭金黃焦脆，裡頭又白又軟，還配上我不認得的奶油青菜（我猜大概是蕁麻）、烤紅蘿蔔，烤得焦黑香甜（我覺得我不喜歡熟的紅蘿蔔，所以差點沒嘗，但我很勇敢，所以嘗了，發現很喜歡，並在此後的童年都對其他熟紅蘿蔔感到失望）。點心是餡餅，內餡是蘋果與飽脹的葡萄乾和碎堅果，上面澆了厚厚一層黃色的卡士達醬，無論在學校或家裡，我從沒吃過這麼滑順濃郁的卡士達醬。

小貓睡在火旁的墊子上，直到晚餐尾聲才醒來，和一隻比她大四倍的霧灰色家貓一起吃肉渣。

吃晚餐時，大家完全沒提發生在我身上的事，也沒提我為什麼在這裡。漢絲托家的女士談著農場：擠奶小屋的門需要上新漆了，母牛蕾雅儂的左後腿快要瘸了，通往蓄水池的路該清理了。

「這裡只有妳們三個？」我問道。「沒有男人嗎？」

「男人噢！」漢絲托老太太輕蔑地噓了一聲。「真不知道男人有什麼好！這間農場裡男人能做的事，我用一半時間就能做到他們五倍好。」

⓭ 小威利溫基（Wee Willie Winkie），蘇格蘭童謠，原詩〈Willie Winkie〉作者為威廉・米勒（William Miller），發表於一八四一年，描述睡不著的小男孩威利穿著睡袍穿梭在小鎮中。

萊緹說：「這裡有時有男人。他們來來去去，不過目前只有我們。」

她母親點點頭。「漢絲托家的男人啊，通常都去追求命運和財富了。他們受召喚的時候，我們從來沒辦法讓他們留下來。他們眼中有種疏離，然後我們就徹徹底底永遠失去了他們。他們一有機會就離開鎮上，甚至離開城裡。若不是偶爾收到明信片，他們簡直像是不曾待過這裡。」

漢絲托老太太說：「他爸媽要來了！他們開車過來，剛經過派爾森的榆樹。獾看見他們了。」

「她跟他們在一起嗎？」我問。「娥蘇拉．蒙克頓？」

「**她**？」老漢絲托太太玩味地說。「那東西？那可不是什麼**她**。」

我思索了一下，說：「他們會逼我跟著回去，然後她會把我鎖在閣樓，等她膩了，就會叫我爸殺了我。這是她說的。」

萊緹的母親說：「小子，她或許跟你這麼說，不過不可能那麼做，也不可能對你做任何類似那樣的事，否真我就不叫吉妮．漢絲托。」

我喜歡吉妮這個名字，但我不相信她，她的話沒安撫到我。等等廚房的門就會打開，爸爸會朝我吼叫，或是等我上了車再朝我吼叫，沿著小路開車回到家後我就完了。

「這樣吧。」吉妮．漢絲托說。「他們來的時候我們不在。他們可以上星期二來，那時候家裡沒人。」

「想都別想。」老太太說。「玩弄時間只會讓事情更複雜……我們把這小子變成別的東西，任他們怎麼找也找不到。」

我詫異地眨眨眼。有可能把我變成別的東西嗎？我想被變成別的東西。這時小貓吃完她那份肉渣（其實好像吃得比家貓多），跳到我膝上，開始理毛。

吉妮．漢絲托站起身，走出廚房。不知道要到哪裡去。

「我們不能把他變成別的東西。」萊緹一邊說，一邊清理桌上剩下的盤子和餐具。「他爸媽會抓狂。如果跳蚤控制了他們，她只要煽風點火，就會有警察打撈蓄水池找他了——甚至會跑去打撈海洋。」

小貓躺在我大腿上蜷起身子，把自己整個曲起來，最後變成扁扁的一個黑色毛球。牠閉上海洋色的湛藍眼睛睡著了，發出呼嚕聲。

「那怎麼辦？」漢絲托老太太說。「妳有什麼建議？」

萊緹思考著，抿住雙脣，嘴歪向一邊。她傾著頭，大概在思考各種可能，然後她眼睛一亮。「剪剪縫縫？」

漢絲托老太太哼了聲，說道：「好女孩。我不是說妳不好，可是剪剪縫縫啊……妳**辦**不到，現在還不行。必須剪出剛剛好的邊緣，再縫回去，不能露出接縫。還有，妳要剪什麼？跳蚤可不會讓妳剪**她**。她不在布料上，她在布料之外。」

吉妮．漢絲托回來了。她手裡拿著我的晨袍。「我把晨袍放進軋布機軋乾，但還有溼氣。

這樣邊緣比較難對齊。衣服還溼的時候，妳不會想動手裁縫的。」

她把晨袍放到漢絲托老太太面前的桌上，從她圍裙前面的口袋拿出一把黑色的舊剪刀、一根長長的針，還有一圈紅線。

我背誦：「紅縫線、花楸果，慢下巫婆的動作。」我在書上讀過這句。

「可以喔，而且會非常有效，」萊緹說，「前提是事件要和巫婆有關連。不過這次沒有。」

漢絲托老太太檢查著我的晨袍。褐色晨袍褪了色，上面有某種深褐色的格紋，那是我爺爺奶奶幾年前送的生日禮物，當時穿在我身上大得滑稽。「或許……」她像在自言自語般說：「你父親最好願意讓你在這裡過夜。這樣的話，他們就不能生你的氣，也不會擔心你……」

黑剪刀拿在手中，她已經開始喀嚓、喀嚓、喀嚓，我聽見前門傳來「叩叩」聲，吉妮．漢絲托起身應門。她走向玄關，帶上廚房門。

我對萊緹說：「別讓他們帶我走。」

「噓。」她說。「外婆在剪，我也在忙。你只要昏昏欲睡、平靜愉快就好。」

我的心情和愉快可差遠了，而且半點也不想睡。萊緹橫過桌子，靠過來握起我的手，說道：「別擔心。」

這時候，門開了，爸媽進了廚房。我想躲起來，但小貓在我腿上動了動，給我安心的感覺，萊緹也對我露出令人安心的微笑。

「我們在找兒子。」爸爸對漢絲托太太說。「我們合理懷疑……」他還在說話，媽媽已經大步朝我走來。「他在**這裡**！親愛的，我們擔心得**快瘋了**！」

「年輕人，你麻煩大了。」爸爸說。

黑剪刀咖嚓！咖嚓！咖嚓！漢絲托老太太剪下的不規則布料掉落在地。

我爸媽僵住了。他們不再說話，也不再動。爸爸的嘴巴還張著，媽媽單腳站立，像櫥窗裡的假人一樣動也不動。

「妳……妳們把他們怎麼了？」我不大確定該不該為此煩惱。

吉妮．漢絲托說：「他們沒事，只要剪一剪、縫一下，一切就會完美無瑕。」

她伸手指向桌面，指著褪色晨袍的格紋碎布。「**那**是你爸和你在走廊上、**那**是在浴缸的時候。她把那些剪掉了。少掉那些事，你爸就沒理由生你的氣。」

我沒跟她們說浴缸的事。不過發現她知情，我並不覺得奇怪。

老太太正把紅線穿過針。她誇張地嘆息。「眼睛老了。不管用了。」但她舔舔線頭，似乎輕而易舉就把線穿過針眼。

「萊緹，妳得知道他的牙刷長什麼樣。」老太太說。她以仔細的密針縫起晨袍。

「你的牙刷長什麼樣？」萊緹問。「快點。」

「綠色的。」我說。「鮮綠色。某種蘋果綠。不太大。就是適合我大小的綠色牙刷而已。」

我知道我形容得不大好。我在腦中想像牙刷的模樣，想找出還有什麼能描述，和其他牙刷有什麼區別——結果沒用。我想像牙刷，在我腦海中看見那把牙刷和其他牙刷一起放在浴室水槽上紅白圓點的漱口杯裡。

「有了！」萊緹說。「幹得好。」

「快完成了。」漢絲托老太太說。

吉妮．漢絲托露出燦爛的微笑，紅紅的圓臉容光煥發。漢絲托老太太拿起剪刀，剪了最後一刀，一段紅線頭落到桌上。

媽媽的腳落地，她往前走一步，停下來。

爸爸說：「唔。」

吉妮說：「……我們家萊緹好高興你們兒子可以來玩，還在這裡過夜。雖然這裡恐怕有點老派。」

老太太說：「我們有室內廁所了。我不曉得人還可以多現代化。對我對來說，室外的廁所和夜壺已經夠好。」

「他晚餐吃得很豐盛，對吧？」吉妮說。

「有餡餅。」我對爸媽說。「甜點是餡餅。」

爸爸的眉頭皺了起來。他一臉困惑，接著他伸手到風衣口袋，拿出個長長的綠色東西，末端包著衛生紙。「你忘了你的牙刷。」他說。「你應該會需要吧。」

「如果他想回家，可以回家。」媽媽對吉妮．漢絲托說：「幾個月前，他去科瓦奇家過夜，九點的時候居然打電話給我們要我們去接他。」

克里斯多夫・科瓦奇比我大兩歲，高一個頭，他和他媽住在我們那條小路口對面的大農舍裡，農舍旁邊有個綠色的老水塔。他母親離婚了。我喜歡她。她很有趣，開一輛福斯的金龜車，那是我第一次看到那種車。克里斯多夫有很多我沒看過的書，而且是海鸚鵡書迷俱樂部⓮的成員。他死也不肯借我他那些海鸚鵡出版的圖畫書，除非我到他家去看。

克里斯多夫雖然是獨生子，臥室卻有一張雙層床。我待那裡的那一晚分到下鋪。等我上了床，克里斯多夫・科瓦奇的媽媽跟我們道晚安，關上房間的燈，關上房門，他就彎身下來，用藏在枕頭下的一把水槍朝我噴水。我不曉得該怎麼辦。

「這次跟我去克里斯多夫・科瓦奇家不一樣。」我困窘地對媽媽說。「我**喜歡**這裡。」

「你身上穿的是**什麼**啊？」她大惑不解地盯著我身上那件小威利溫基睡袍。

吉妮說：「他出了點意外，睡衣還沒乾之前先穿那個。」

「原來如此。」媽媽說。「好吧，親愛的，晚安了。跟你的新朋友好好玩啊。」她低頭注視著萊緹，問道：「親愛的，妳說妳叫什麼名字？」

「萊緹。」萊緹・漢絲托說。

「是賴緹蒂雅的小名嗎？」媽媽問。「我大學時認識一個叫賴緹蒂雅的女孩，大家當然都叫她賴皮。」

⓮ 海鸚鵡（Puffin Books）為英國企鵝出版集團旗下的童書品牌，自一九六〇年代起即為英國最大的童書出版社。

萊緹什麼也沒說，只是微笑。

爸爸把牙刷放在我面前的桌上，我打開包著牙刷頭的衛生紙。貨真價實，就是我的綠牙刷。爸爸的短風衣下穿了件乾淨的白襯衫，沒繫領帶。

我說：「謝謝你們。」

「好啦。」媽媽說。「明天早上我們該什麼時候過來接他？」

吉妮微笑得更燦爛了。「喔，萊緹會帶他回去，明早再給他們一點時間玩。先別急著走，我下午做了些司康餅……」

她裝了些司康餅在紙袋裡，媽媽禮貌地接過去，吉妮便送她和爸爸出門。我一直等到聽見路華車沿著小路開回去才鬆一口氣。

「妳們對他們做了什麼？」接著我又問：「這真的是我的牙刷嗎？」

「要我說啊，」漢絲托老太太聽起來心滿意足，「這是技巧高明的剪剪縫縫。」她邊說邊拿起我的睡袍。我看不出她剪掉什麼地方又縫起什麼地方。絲毫看不出接縫，毫無修改的痕跡。她把剪下的布料推過桌上。「這是你的夜晚。」她說。「要的話可以留下來。不過如果是我，會拿去燒掉。」

雨淅瀝瀝敲打窗戶，風把窗框吹得嘎嘎響。

我拿起邊緣參差不齊的碎布，布溼溼的。我站起來時驚動了小貓，她跳開，沒入陰影中。我走向火爐。

我問她們。「如果我把這燒了，之前的事還算真的發生過嗎？爸爸真的曾經把我壓進浴缸裡嗎？我會忘記發生的事嗎？」

吉妮．漢絲托的笑容消失了，露出一臉關切，問道：「**你**想要哪一種？」

「我**想要**記得。」我說。「因為事情發生在我身上。而我仍然是我。」我把小碎布丟進火裡。

劈啪一聲，布料冒煙了，然後起火燃燒。

我在水底下。我抓著爸爸的領帶。我覺得他要殺了我……

我放聲尖叫。

我倒在漢絲托家廚房的石板地上翻滾尖叫，腳好像赤腳踩到燃燒的煤渣上，痛得要命。而我胸口深處還有另一股疼痛，沒那麼劇烈直接。不會灼熱，只是不舒服。

吉妮來到我身邊，問道：「怎麼了？」

「我的腳好像著火了，好痛好痛。」

她看了看我的腳，舔舔手指，去碰觸兩天前我從腳底拔出蟲子的地方。一陣嘶嘶聲傳來，腳裡的疼痛逐漸減退。

「我還沒看過這種東西。」吉妮．漢絲托說。「哪兒來的？」

「裡面有隻蟲。」我對她說。「在我腳裡面，所以那個東西才能從橘色天空一路跟我們回來。」說完我看著萊緹，她正蹲在我身邊，握著我的手，我說：「是我帶它回來的，是我的錯，對不起。」

漢絲托老太太最後才來到我身邊。她彎腰靠過來，拉起我的腳底，湊向光線。「壞透了。」她說。「而且精得很。她在你身體裡留下一個洞備用。需要的話，她可以藏在你體內，把你當回家的門。難怪她想把你關在閣樓裡。我們就打鐵趁熱，就像那個士兵進洗衣房時說的，打鐵和燙衣，都要趁熱。」她用手指戳戳我腳上的洞。還是痛，不過減輕了一點點。感覺起來像陣陣頭痛，只不過是在腳裡。

我胸口有什麼東西像小蛾一樣顫動一下，然後不再有動靜。

漢絲托老太太說：「你能勇敢嗎？」

我不知道。恐怕不行。那晚至今我似乎都在逃。老太太手裡拿著縫我晨袍的針，看起來不像要縫東西，倒像打算用來戳我。

我抽回腳：「妳想做什麼？」

萊緹捏捏我的手。「她要把洞變不見。我會握著你的手。不想的話，你可以不用看。」

「會痛耶。」我說。

「說什麼瞎話。」老太太說。她把我的腳拉向她，腳底板對著她，把針往下一刺……原來不是刺進我的腳，而是刺進洞裡。

果然不會痛。

然後她把針一扭，拉向她。我驚奇地看著晶亮亮的東西連在針尖，被她從我腳底拉出來。

一開始看起來黑黑的，接著變得半透明，又像水銀一樣反射光芒。

我感到那東西抽離我的腿——那感覺似乎在我體內一路往上蔓延，從腿通過鼠蹊部和肚子，延伸到胸口。那東西似乎離開了我，覺得如釋重負。灼熱感減輕了，恐懼隨之消散。

我心臟的跳動很奇怪。

我看著漢絲托老太太把那東西捲起來，但我不大能理解看到的畫面。那是個周圍什麼也沒有的洞，超過兩英尺長，比蚯蚓更細，像半透明的蛇褪下的皮。

這時她突然停住手。「這傢伙不想出來。」她說。「攀得很緊。」

我心中有股寒意，好像有人把一塊冰塊擱在那裡。老太太的手腕靈巧一扭，接著晶亮亮的東西便掛在她的針上，不再連著我的腳了（這時我發覺我想的不再是水銀，而是蝸牛在花園留下的銀亮黏液痕跡）。

她放開我的腳，我把腳收回來。小圓洞已經完全不見了，好像不曾存在似的。

漢絲托老太太開心地說個不停。「自以為聰明。」她說。「把她回家的路藏在男孩子身上，這算聰明嗎？我可不覺得。那算得了什麼？」

吉妮・漢絲托拿出一個空果醬瓶，老太太將那垂軟的末端擺進去，舉起果醬瓶往上接起，最後讓那條閃閃發亮卻看不到的通道從針上鬆開，瘦巴巴的手腕果決一轉，蓋上果醬瓶的蓋子。

「哈！」接著她又哈了一聲。

萊緹說：「我可以看看嗎？」她接過果醬瓶，拿起來就著光線端詳。瓶子裡的東西開始懶洋洋地舒展開來，似乎在漂浮，好像瓶裡注滿水似的，還隨光線照射的角度不同而改變顏色，有時是黑色，有時變成銀色。

在寫男孩可以做什麼的書上，我看到一個實驗，而我當然試過了：拿個蛋，用蠟燭燻到全黑，放進盛滿鹽水的透明容器，蛋會浮在水裡，看起來像是變成銀色——某種奇異不自然的銀色，其實只是光造成的錯覺。那時我想到的是那顆蛋。

萊緹一臉驚嘆。「妳說得對，她把回家的路留在他身上。難怪她不想讓他走。」

我說：「萊緹，很抱歉我放開妳的手。」

「欸，別說了。」她說。「道歉總是太遲，不過有誠意也很好。下次不管她把什麼丟向我們，都別放開我的手。」

我點點頭。胸口的冰塊似乎暖和起來，融化了，而我終於又感到完整而安心。

「好啦。」吉妮說。「我們逮到她回家的路，這孩子也安全了。如果今晚還不算幹得好，我都不知道算什麼了。」

「可是這孩子的爸媽還在她手上。」漢絲托老太太說。「還有他妹妹。我們不能放她在外作亂。還記得克倫威爾⑮的年頭發生了什麼事嗎？還有那之前？紅臉路弗斯⑯到處肆虐的時候？跳蚤會引來害獸的。」她一副「這就是自然法則」的口吻。

「明天再處理也不遲。」吉妮說。「好了，萊緹。帶這小子去找個房間給他睡。他今天受夠了。」

小黑貓蜷縮在爐邊的搖椅上。我問道：「我可以帶著小貓嗎？」

萊緹說：「你不帶她走她也會去找你。」

吉妮拿出兩根燭臺，有又大又圓的把手那種，燭臺上各有一坨不成形的白色燭蠟。她用廚房的火點燃火煤棒，一一把火引到兩根燭蕊上。她將一根蠟燭交給我，另一根交給萊緹。

「妳們沒有電嗎？」我問。廚房裡有電燈，是天花板上垂下來的老式燈泡，燈絲綻放光芒。

「房子那部分沒有。」萊緹說。「廚房是新的……算是啦。走路的時候用手護在蠟燭前，免得被風吹熄。」

她說著，一面弓起手掌擋住蠟燭，我學著她，跟在她後面走。小黑貓跟著我們，我們出了廚房，穿過一扇漆白的木門，走下一階樓梯，進入農舍。

農舍裡很暗，隨著走動，蠟燭投射出龐然黑影，在我眼裡好像什麼都在動，被影子推擠塑形，老爺鐘、走廊的桌、椅，還有鳥獸的標本——那些**真的**是標本嗎？我們經過時，那隻貓頭鷹真的轉了頭……又或是燭焰讓我覺得牠在動？這些東西都在燭光下移動，卻又同時完全靜

⓯ 應指奧利弗・克倫威爾（Oliver Cromwell, 1599-1658）。英國軍政領袖，曾推翻英國國王，將英國改為共和制聯邦，並出任英格蘭、蘇格蘭與愛爾蘭之護國公。因其曾在蘇格蘭、愛爾蘭殘害天主教徒，名列英國最具爭議性的人物之一。

⓰ 應指英國國王威廉二世（一〇五六—一一〇〇年），因紅臉頰而得名紅臉路弗斯。為一冷酷無情的統治者，性格凶悍爆烈。

止。我們爬上一道樓梯，又爬了幾階，接著經過一扇敞開的窗戶。比燭光還亮的月光灑在階梯上。我抬頭望向窗外，看到一輪滿月。無雲的天空散布著數不盡的星星。

「是月亮啊。」我說。

「外婆喜歡那樣。」萊緹．漢絲托說。

「可是昨天還是新月，現在變成滿月。而且之前在下雨，現在**還在**下雨，可是又沒在下。」

「外婆喜歡屋子這邊掛著滿月。她說這樣令人平靜，讓她想起小時候。」萊緹說。「而且爬樓梯不會絆倒。」

貓咪跟著我們跳呀跳地爬上樓梯。我露出微笑。

頂樓是萊緹的房間，旁邊有另一間房間，我們走進了那一間。爐裡有火在燒，橙色和黃色的火光照亮房間，裡頭溫暖宜人。床的四角都有床柱，還有自己的簾子。我在卡通裡看過這樣的東西，卻沒在現實世界裡看過。

「準備了衣服給你明天早上穿。」萊緹說。「要找我的話，我就睡在你隔壁的房間。需要什麼，只要大叫或敲敲牆壁，我就會過來。外婆說要你用屋裡的廁所，可是那得穿過房子裡面，走上好一段距離，你可能會迷路，所以需要方便的話，老樣子，床下有夜壺。」

我吹熄蠟燭，於是爐裡的火光照亮了房間。我鑽進簾子爬上床。

房間很溫暖，但鑽進被單後覺得被單很冷。有東西落在床上，床晃動一下，小小的腳踏過毯子，毛茸茸的溫暖東西湊向我的臉，小貓開始柔柔地打起呼嚕。

我家依然有個怪物，而有一段時間或許從現實裡被剪掉了，那段時間裡，爸爸把我壓進浴缸的水裡，或許企圖淹死我。我在黑暗中跑了幾英里路。我看到爸爸親吻、撫摸那個自稱娥蘇拉·蒙克頓的東西。我的靈魂中仍充滿恐懼。

但我的枕頭上有隻小貓，她正對著我的臉打呼嚕，每次呼嚕都微微振動，我很快就睡著了。

10

那晚，我在那棟房子裡做了一些奇怪的夢。我在黑暗中醒來，只知道有個夢嚇壞了我，不醒來就會死掉，可是我再怎麼努力也記不起夢見什麼。夢境陰魂不散，站在我背後，好像我的後腦杓，雖然存在但看不見，既存在又不存在。

我想念爸爸，也想念媽媽，我想念大約一英里外我家裡的床。我想念昨天，想念娥蘇拉·蒙克頓來之前，爸爸發怒之前，浴缸的事情之前。我想要昨天回來，我想得要命。

我設法回想那個讓我怕得要命的夢，卻怎麼也想不起來。我知道夢裡有背叛，還有失落，和時間。噩夢嚇得我不敢繼續睡，火爐幾乎暗了，只剩下餘燼暗紅色的微光還看得出那裡曾有爐火，曾放出光芒。

我爬下四柱床，在床下摸索，找到沉重的瓷夜壺。我拉起睡袍，用了夜壺，然後走到窗邊朝外望。月亮還是滿月，不過現在位置低垂，變成暗橘色——媽媽說那是收穫之月。可是我知道農作物收穫的時間是秋天，不是春天。

在橘色的月光下，我看到一個老女人來回踱步。很難看清她的臉，但我幾乎能確定那是漢絲托老太太。她拄著一根長棍子走動，好像拄著拐杖。她讓我想起我去倫敦玩時，在白金漢宮外面看到士兵來回行軍閱兵。

我看著她，安心了。

我在黑暗中爬回床上，頭枕在空盪盪的枕頭上，心想：我不要繼續睡，現在還不要，然後睜開眼睛一看，發現天亮了。

床邊的椅子上出現我之前沒看過的衣服。有兩個裝著水的陶瓷水瓶：一瓶是蒸氣騰騰的熱水，一瓶是冷水。旁邊還有只白瓷碗，原來是安在小木桌上的洗臉盆。毛茸茸的小黑貓回到床腳邊。我起床時，她睜開眼睛——鮮明的藍綠色，古怪又不自然，好像夏天的海。小貓發出疑惑的尖銳喵喵叫。我摸摸她，爬下床。

我把熱水和冷水在臉盆裡混合，洗臉洗手。我用冷水刷了牙。沒有牙膏，不過有個錫製的小圓盒，上面用老式的字體寫著「麥克斯邁爾頓神奇強效潔牙粉」。我在我的綠牙刷上放了一點白色粉末，拿來刷牙。那東西嘗起來有薄荷和檸檬的味道。

我研究了一下留給我的衣服。我從來沒穿過類似的東西。沒有內褲，只有件白色汗衫，沒有釦子，卻有條長長的尾巴。有褐色的及膝褲子，白色襪子，還有栗子色的外套，背後是V形的剪裁，好像燕子尾巴。襪子泛褐，比較像長襪。我設法穿上衣服，希望衣服上有拉鏈和鉤釦，而不是這些鉤鉤和釦子，還有硬梆梆不聽話的釦眼。

鞋子的前面有銀釦，但太大不合腳，於是我穿著長襪走出房間，小貓跟著我來。

前一晚我爬上樓梯，到了樓梯頂再往左轉才來到我過夜的房間，於是這時我轉向右，經過萊緹的房間（門虛掩著，房裡沒人），往樓梯走去。但樓梯不在我記憶中的地方。走廊的盡頭是一道空白的牆，有扇窗戶俯視林地和田野。

藍綠眼睛的小黑貓大聲喵喵叫，好像要吸引我注意似的，接著轉身踏著自負的步伐，翹起尾巴大搖大擺走過走廊。她帶著我走在走廊上，彎過一個轉角，前往我沒見過的一條走道，來到一道樓梯。小貓愉快地跳下，我跟著她。

吉妮．漢絲托站在樓梯底。「你睡得很香，睡了很久。」她說。「我們已經擠了奶，你的早餐在桌上，火爐邊有一小碟鮮奶給你的朋友。」

「萊緹呢？漢絲托太太？」

「去跑腿了，收集一些她可能會需要的東西。你家裡的那玩意兒得趕走，否則會惹出麻煩，之後還會更糟。她已經束縛過那東西一次，它從束縛中逃脫，所以得把它送回家。」

「我只想要娥蘇拉．蒙克頓離開。」我說。「我恨她。」

吉妮．漢絲托伸出一根手指劃過我的外套。「這年頭附近的人不穿這樣的衣服了。」她說。「不過我媽替它施了點魔法，所以大家大概不會發現。你大可穿著走來走去，沒人會注意到有什麼古怪。怎麼不穿鞋？」

「不合腳。」

「我再找合腳的鞋留在門後。」

「謝謝。」

她說：「我不恨她。她只是按她的天性做她平常做的事。她睡了，醒來，她想讓大家得到他們想要的東西。」

「她就沒讓我得到我想要的東西。她說她要把我關在閣樓裡。」

「只是可能而已。你是她通往這裡的通道，當一扇門可危險了。」她用食指敲敲我胸前心口。「她回去她從前的地方也比較好。我們應該把她平平安安送回家——之前在她同類身上做過十來次了。但這傢伙啊，很固執。就是學不乖。好了。你的早餐在桌上。有人要找我的話，我在九畝田。」

廚房桌上有一碗麥片糊，旁邊有個小碟子盛著一塊金黃的蜂巢，還有一壺深黃色的鮮奶油。

我舀起一小塊蜂巢拌到麥片粥裡，倒入鮮奶油。

還有吐司放在烤架下烤，像爸爸的烤法，上頭塗了自製的黑莓果醬。而我從沒喝過那麼美味的茶。火爐旁，小貓舔著一小碟濃醇的牛奶，呼嚕聲大到我在廚房另一頭都聽得見。真希望我也能發出呼嚕聲。如果可以，那時我也會呼嚕的。

萊緹走了進來，她提著一個老式購物袋，就是老媽媽提著去買東西的那種編織的大袋子，幾乎像籃子一樣，外面是拉菲亞葉編織，裡面襯了布，提把是繩索。現在已經沒人用了。這籃子幾乎裝滿。她的臉頰被抓傷，流過血，不過已經乾了。她看起來好狼狽。

「妳好啊。」我說。

「唉。」她說。「我告訴你，你或許覺得那樣很好玩，可是一點也不有趣，根本不有趣。曼陀羅拔起來的時候好吵，我沒有耳塞，弄到之後我拿它換了一個影瓶，老式的那種，醋裡溶了很多影子……」她拿塊吐司塗上奶油，把一塊蜂巢壓上去，開始嚼呀嚼。「弄了半天才好不容易到了市集，而市集甚至還沒到開張的時候。不過我在那裡弄到需要的大部分東西了。」

「我可以看看嗎？」

「想看就看吧。」

我看看籃子裡。裡頭都是些壞掉的玩具：玩偶的眼睛、頭和手，沒輪子的汽車，有缺口的貓眼玻璃珠。萊緹伸手從窗臺拿下那個果醬瓶。瓶裡銀色半透明的蟲洞移動、扭曲、翻轉，繞成螺旋。萊緹把瓶子丟進購物袋，和壞掉的玩具裝在一起。小貓睡了，完全沒理我們。

萊緹說：「這次你不用跟去。我去跟她談的時候，你可以留在這裡。」

我想了想，告訴她：「我覺得跟妳在一起比較安全。」

她聽了不大開心。她說：「我們去海洋那邊吧。」我們離開時，小貓睜開藍綠無比的眼睛，興趣缺缺地望著我們。

後門口有雙像馬靴的黑皮靴等著我。靴子看起來很舊，但保養得宜，而且尺寸剛好適合我。我套上靴子，不過穿拖鞋其實比較自在。我和萊緹一起走向她的海洋，也就是那座池塘。

我們在舊長椅坐下，望著池塘平靜的褐色水面、蓮葉和水邊的朵朵浮萍。

「妳們漢絲托家的人不是人類。」我說。

「也算啦。」

我搖搖頭。「我敢打賭妳們真正的樣子不是那樣。」我說。「真的不是。」

萊緹聳聳肩。「無論是誰都和他們內在的樣子不大相同。你不一樣，我也不一樣。人沒那麼單純。不管是誰都是這樣。」

我說：「妳是怪物嗎？像娥蘇拉．蒙克頓一樣？」

萊緹朝池塘丟了塊小圓石。「應該不是吧。」她說。「怪物有大有小，有各種模樣。有些是人類恐懼的東西，有些看起來像很久以前的人類害怕的東西。有時，怪物是人類應該要害怕，大家卻不怕的東西。」

我說。「大家應該怕娥蘇拉．蒙克頓。」

「或許吧。你覺得娥蘇拉．蒙克頓怕什麼。」

「不知耶。妳為什麼覺得她會有害怕的東西？她是大人耶？不是嗎？大人和怪物什麼都不怕。」

「噢，怪物可膽小了。」萊緹說。「所以他們才是怪物。至於大人嘛……」她住了口，用一隻手指揉揉長了雀斑的鼻頭，說：「聽好了。大人內心看起來也不像大人。他們外表高大，一副什麼都不在乎的樣子，好像總是知道自己在做什麼，內在卻是老樣子。像他們在你這個年紀的樣子。其實根本沒有什麼大人。這整個世界裡，半個都沒有。」她思索一下，露出微笑。「當然，外婆是例外。」

我們肩並著肩坐在舊木頭長椅上，沒說話。我想著大人的事，納悶著是否真是那樣：他們是否都是裹在大人身體裡的小孩，像童書一樣藏在既無聊又厚重的大人書之間，那種沒圖片也沒對話的大人書。

最後萊緹說：「我愛我的海洋。」我便知道我們要離開池塘邊了。

我對她說：「可是那是假裝的。」我覺得承認這種事好像會讓童年失望。「妳的池塘啊，那不是海洋，不可能是海洋。洋比海還大。妳的池塘只是池塘而已。」

「它該有多大就有多大。」萊緹．漢絲托惱火地說，嘆口氣。「我們最好繼續把娥蘇拉什麼的送回她來的地方。」然後她又說：「我其實知道她怕什麼，你知道嗎？其實我也怕牠們。」

我們回到廚房時，小貓已經沒了蹤影，不過那隻霧灰色的貓坐在窗沿上望著外面的世界。早餐的東西都洗好收掉，我的紅色睡褲和晨袍整整齊齊摺好，和綠牙刷一起收在一個褐色大紙袋裡，擱在桌上等著我。

我問萊緹：「妳不會讓她逮到我，對吧？」

她搖搖頭，於是我們一同走上通往我家的那條蜿蜒的碎石小路，朝那個自稱娥蘇拉．蒙克頓的東西走去。我拿著裝有睡衣褲的褐色紙袋，萊緹帶著她揹起來過大的編織購物袋，袋裡裝的是壞掉的玩具，是她用尖叫的曼陀羅和溶在醋裡的影子換來的。

我之前說過，大人總是依循大路和正規的途徑，小孩則是走隱密的小路和隱藏的途徑。我們離開小路，走了一條萊緹知道的捷徑，捷徑帶著我們穿過一些田地，進入某間頹倒豪宅的廢棄大花園，又回到小路上。我們出來的地方，就在我翻過金屬柵欄的位置之前。

萊緹嗅嗅空氣，說道：「還沒有害獸。很好。」

「害獸**到底**是什麼？」

她只說：「看到就知道了，可我希望你永遠不會看到。」

「我們要偷溜進去嗎？」

「幹麼溜進去？我們會像有頭有臉的人一樣走車道，穿過前門進去。」

我們走上了車道。我說：「妳會施咒語把她送走嗎？」

「我們不用咒語。」她說。她聽起來有點失望。「我們有時候會調製配方，但不用咒語或魔咒。外婆不贊成那些方式，她說太**平庸**了。」

「那購物袋裡的東西要做什麼用？」

「阻止你不希望跑走的東西跑走。用來建立界線。」

我家溫暖的紅瓦屋頂和紅磚在晨光下顯得友善親切。萊緹伸手從購物袋掏出一顆玻璃珠，塞進仍然潮溼的泥土裡。接著她沒走進房裡，反倒往左轉，繞著我家周圍。我們在沃勒里太太的菜圃旁停下來，她又從購物袋裡拿出別的東西：一個沒頭沒腳的粉紅色玩偶身軀，玩偶兩手被咬爛了。她把這東西埋到豆苗旁。

我們摘了些豆莢，掰開來吃了裡面的豆子。我真搞不懂豆子。我不懂為什麼大人要把摘了現吃那麼美味的東西放進罐頭，變得令人作嘔。

萊緹把一隻玩具長頸鹿放到柴房裡的一大塊煤碳下面，就是那種小朋友的玩具動物園或諾亞方舟裡會看到的塑膠小長頸鹿。柴房聞起來潮溼黑暗，像古老森林壓碎後的氣味。

「這些東西會讓她離開嗎？」

「不會。」

「不然那是做什麼用的？」

「不讓她離開。」

「可是我們**想要**她走。」

「不對。我們想要她**回家**。」

我望著她。我望著她的紅褐短髮，她的獅子鼻，她的雀斑。她看起來比我大三、四歲。但她可能已三、四千歲，或是再老上一千倍。我對她的信任應該足以前進地獄之門再回來。可是……

「希望妳可以好好解釋。」我說。「妳們講話都好玄。」

不過我並不害怕，而我說不出為什麼不怕。我信任萊緹，就像之前要去橘色天空下找那個劈啪拍動的東西時一樣。我相信她，那表示我和她在一起就不會受到傷害。我確信如此，就像我知道草是綠的，玫瑰有尖銳的木質的刺，而早餐穀片是甜的。

我們由前門進屋。門沒鎖，除了去度假，我不記得我們鎖過門。我們就這麼走了進去。

妹妹正在客廳練鋼琴。我們進了客廳。她聽到聲響，停下彈了一半的〈筷子圓舞曲〉，轉過身。

她好奇地看著我。「昨晚發生什麼事？」她問。「我以為你惹上麻煩，結果媽咪和爹地回來，說你要待在朋友家。他們為什麼說你在朋友家過夜？你又沒有朋友。」這時她注意到萊緹・漢絲托。「她誰啊？」

「我朋友。」我對她說。「那個恐怖的怪物呢？」

「別那樣叫她。」妹妹說。「她人**很好**。她在休息。」

她沒對我這身奇裝異服表示什麼意見。

萊緹・漢絲托從她的購物袋裡拿出一個破木琴，放到鋼琴和有蓋的藍色玩具箱之間堆積的玩具上。

「好啦。」她說。「該去打聲招呼了。」

我胸中與腦中傳來第一絲微弱的恐懼。「妳是指上去她房間？」

「欸。」

「她在上面做什麼？」

「改變別人的人生。」萊緹說。「目前只是本地人。她發現他們自以為需要什麼，而她設法滿足他們。她藉此把世界變成她更喜歡的模樣，變成待起來更舒服的地方，對她而言更乾淨的地方。而她對於送錢給人沒興趣——再也沒了。現在她更有興趣的是讓人受到傷害。」

我們爬上樓梯時，萊緹在每階樓梯上都擱下一個東西：透明玻璃珠，裡面有一道螺旋的綠紋、我們用來玩擲距骨遊戲的一種金屬玩意兒、一粒珠子、一對亮藍色的玩偶眼珠，眼睛後方以白色的塑膠相連，讓它可以開闔、一個紅白色的U型小磁鐵、一粒黑卵石、一枚徽章，就是會貼在生日卡片上，上面寫著我七歲了！的那種、一盒火柴、一隻塑膠瓢蟲，底下黏了黑色的磁鐵、一輛有點壓扁的小玩具車，輪子都沒了、最後是一個鉛鑄的玩具兵，它缺了條腿。

我們來到樓梯頂。臥室的門關著。萊緹說。「她不會把你關到閣樓。」她也沒敲門，直接把門打開，走進曾經屬於我的那間臥室，而我心不甘情不願地跟進去。

娥蘇拉．蒙克頓閉眼躺在床上。在她之前，我只看過媽媽一個成年女人的裸體，我好奇地偷瞄她。不過我對房間更有興趣。

這裡既是我從前的房間，卻又不是，不一樣了。符合我尺寸的那個黃色小洗手臺還在，牆和我從前住這裡的時候一樣，仍是知更鳥蛋的藍色。但天花板卻垂下灰布條，破破爛爛，像繃帶似的，有些只有一英尺長，有些幾乎垂到地上。窗戶開著，風沙沙地吹動布條，它們灰暗地搖擺，感覺彷彿房間在移動，像帳篷或海上的船一樣。

「妳得走了。」萊緹說。

娥蘇拉．蒙克頓在床上坐起來，睜開眼睛，她的眼睛和垂下的布條是同樣的灰。她以半夢半醒似的聲音說：「我還在煩惱該怎麼把你們兩個引來，瞧瞧，這下就來了。」

「不是妳把我們引來的。」萊緹說。「我們是因為想來才來。我來給妳最後一次機會，讓妳離開。」

「我哪裡也不去。」娥蘇拉‧蒙克頓說，她聽起來像在使性子，像小小孩想要某些東西時那樣。「我才剛到這裡呢。我現在有間房子了。我還有寵物——他父親是世上**最甜蜜**的傢伙。我讓大家開心。這整個世界沒有其他像我這樣的東西。你們進來的時候，我正在到處找，但只有我一個。他們沒辦法保護自己，不曉得怎麼辦。所以這是全宇宙裡最棒的地方。」

她朝我們露出燦爛的微笑。以大人而言，她真的很漂亮，但在七歲那年紀，漂亮是抽象的，不那麼必要。不知道如果她現在朝我那樣笑，我會怎麼反應。我可能會像爸爸一樣，將我的心智、我的心或我的人格拱手交給她。

「妳以為這世界是那個樣子。」萊緹說。「妳覺得那樣很簡單。不過妳錯了。」

「當然就是那樣。妳在說什麼啊？妳和妳的家庭是想保護這個世界，不讓我傷害他們？只有妳離開過妳們農場的邊界，而妳不知道我的名字，就想束縛我。換作妳母親，就不會那麼愚蠢。小女孩，我不怕妳。」

萊緹的手深深探進購物袋，拿出裝著半透明蟲洞的果醬瓶，遞向她。

「這是妳回去的路。」她說。「我很寬容，很好心了，相信我。拿著這個。我想妳頂多只能回到我們遇見妳的那片橘色天空下，但那樣就夠了。我沒辦法讓妳從那裡回到妳最初來的地方。我問了外婆，她說那裡已經不在了。但妳回去後，我們可以替妳找個類似的。找個妳會快樂的地方、可以安安全全的地方。」

娥蘇拉‧蒙克頓下了床。她站起身俯視著我們。這次她身邊沒有雷電環繞，但她光溜溜地站在那間臥室，卻比懸空飄在暴風雨中還嚇人。她是大人——不，不只是大人。她很**古老**。我從沒這麼覺得自己像個孩子。

「我在這裡快樂得很。」她說。「快樂得要命。」接著她又說：「但你們不快樂。」她的語氣幾乎帶了絲遺憾。

我聽到一個聲音，輕柔的拍打聲，有點刺耳。灰布條逐一從天花板鬆開，落下來，但不是垂直落地。布條從房間各處朝我們飄來，好像我們是磁鐵，正把布條吸向身上。第一條灰布落上我的左手背，就黏在那裡。我伸出右手去抓，把布扯下來；布條黏住一下下，被拔下來的時候發出一種抽吸的聲音。我的左手背原來被布黏住的地方褪去顏色，接著紅起來，像被用力吸吮了好久好久，我在現實世界中不曾被吸得這麼久、這麼用力，那個地方冒出血珠，觸碰時覺得刺痛，潮溼的紅色沾染手上，接著一長條繃帶似的布開始黏附到我雙腿，有布落在臉上和額頭，另一條布蓋住我的眼睛，遮住我的視線，我退開來，扯著眼睛上的布，但這時另一條布捆住我雙手手腕，把兩手腕捆在一起，我的雙臂被包住，縛在身上，我踉蹌一下，跌倒在地。

我如果拉扯布，就會痛。

我的世界變成了灰色。這時我放棄了。我躺在那裡無法動彈，只專心透過布條在鼻子留下的空隙呼吸。布條纏著我，好像有生命似的。

我躺在地毯上傾聽，除此之外什麼也不能做。

娥蘇拉說。「我需要這男孩毫髮無傷。我承諾要把他關在閣樓裡，所以就關到閣樓去嘍。

不過妳啊，農場的小妹妹，我該拿妳怎麼辦？得想點適當的法子。或許我該把妳內外翻過來，讓妳的心、腦子和血肉都翻到外面，皮膚翻到裡面。我會把妳困在我的房間，讓妳的眼睛永遠望著妳體內的黑暗。這我辦得到。」

「不。」萊緹說。她的語氣顯得悲傷。「妳其實辦不到。而且妳已經沒有機會了。」

「妳威脅我。不過只是空洞的威脅。」

「我才不威脅人。」萊緹說。「我真的希望妳能有機會。」接著她說：「妳在這世界尋找同類時，不覺得奇怪為什麼沒多少古老的生命嗎？不，我想妳才不會思考。這裡只有妳，妳太開心了，從來沒停下來想想。

「**要塞的史嘉薩奇**，外婆總把妳這樣的東西叫做**跳蚤**。其實她要怎麼叫妳都行。我覺得她認為**跳蚤**很有趣……她完全沒把妳的同類放在心上。她說妳們相當無害。只是有點蠢。那是因為在這一部分的宇宙中，有吃跳蚤的東西。外婆管牠們叫**害獸**。她一**點**也不喜歡牠們。她說牠們很卑鄙，很難擺脫。而牠們永遠不滿足。」

「我不怕。」娥蘇拉·蒙克頓說。但聽起來卻很怕。接著她說：「妳怎麼知道我的名字？」

「今早去查了查。還去找了別的東西，一些標記界線的道具，免得妳跑太遠，惹出更多麻煩，還沿路撒了些麵包屑到這裡，到這房間。快打開瓶子，把門拿出來，讓我們送妳回家吧。」

我等著娥蘇拉·蒙克頓回應，但她什麼也沒說。沒有回答。只有甩上門的聲音，倉促沉重的腳步跑下樓梯。

萊緹的聲音在我身邊響起，那聲音說：「待在這裡接受我的提議，對她比較好。」

我感到她的手扯著我臉上的布。布條脫落時發出溼黏抽吸的聲音，但感覺不再有生命，一脫落便掉到地上，不再有動靜。這次我的皮膚上沒有血珠，最糟也只是我的雙手雙腳失去知覺。

萊緹扶我爬起來。她看起來不大開心。

「她到哪去了。」

「她沿著麵包屑離開房子。她嚇到了，可憐的東西，她好怕啊。」

「妳也害怕。」

「對，有一點。我猜她差不多要發現她被困在我設的界線裡了。」萊緹說。

我們走出房間。樓梯頂原來放著玩具兵的地方撕開一道口子。我想不到更好的形容，但感覺像有人拍了樓梯的照片，然後把玩具兵從照片上撕掉。原來有玩具兵的地方空無一物，只有一片昏暗的灰色，看太久眼睛還會痛。

「她在害怕什麼？」

「你也聽到了。怕害獸。」

「萊緹，妳怕害獸嗎？」

她猶豫了，遲疑得久了些。她只答道：「對。」

「可是妳不怕她……我是說娥蘇拉。」

「我怎麼會怕她。就像外婆說的，她就像跳蚤一樣，因為驕傲、力量和慾望而自我膨脹，像鼓滿血的跳蚤。但她傷不了我。在我的年代，我趕走過一大堆她這樣的東西。克倫威爾的時候，有個她的同類跑過來——那可精采了。他讓人感到寂寞。他們為了不再寂寞，甚至傷害自己，挖出眼睛或從牆上跳下去，活像一隻㹴犬那麼大的矮胖癩蝦蟆，卻窩在公爵之首旅社的地窖裡。」我們來到樓梯底，走過客廳。

「妳怎麼知道她去了哪？」

「喔，她其實哪都去不了，只能往我留給她的路走。」客廳裡，妹妹還在鋼琴上彈著〈筷子圓舞曲〉。

答答**咚**答答

答答**咚**答答

答答**咚**答**咚**答**咚**答答

我們走出前門。「克倫威爾那時候的那個傢伙壞得很。不過我們搶在餓烏來之前把他弄走了。」

「餓烏？」

「外婆說是害獸的東西，牠們是清潔工。」

聽起來不壞。我知道娥蘇拉怕牠們，但我不怕。誰會怕清潔工呢？

11

我們在草坪的玫瑰叢邊趕上娥蘇拉．蒙克頓。她拿著果醬瓶，瓶裡的蟲洞緩緩漂動。她看起來很奇怪。她扯扯蓋子，停下動作仰望天空，又低頭看著果醬瓶。

她跑向我那棵有繩梯的山毛櫸，把果醬瓶狠狠往樹幹丟去。如果她想打破瓶子，顯然失敗了。瓶子彈開，落在青苔斑駁的糾結樹根上，毫髮無傷。

娥蘇拉．蒙克頓怒瞪著萊緹。「為什麼？」她說。

「妳明知道為什麼。」萊緹說。

「妳為什麼要讓牠們進來？」她哭了起來，我覺得不大舒服。大人哭的時候，我不知道該怎麼辦。我這輩子只見過兩次大人哭：姑姑過世的時候，我看到爺爺奶奶在醫院哭了，我也看過媽媽哭。我知道大人不該哭，他們沒有媽媽可以安慰他們。

不知道娥蘇拉．蒙克頓有沒有媽媽。她臉上沾了泥巴，膝蓋上也是，她在哭號。

我聽到遠方傳來一個古怪詭異的聲音。低沉的嗡嗡聲，好像有人撥著緊繃的琴弦。

「放牠們進來的不是我。」萊緹．漢絲托說。「牠們愛去哪就去哪。牠們通常不來這裡，因為這裡沒牠們要吃的東西。而這下子有了。」

「送我回去。」娥蘇拉．蒙克頓說。現在我覺得她一點也不像人類了。她的臉不知哪裡不對勁，似乎只是偶然拼湊出來的五官，讓人想到人臉，就像我那棵山毛櫸樹上的灰色螺紋和樹瘤，或外婆家床頭板上的紋路，如果在月光下看走眼，會看到有個老人張大嘴，好像在尖叫。

萊緹撿起青苔上的果醬瓶，轉轉蓋子。「妳害蓋子卡住了。」她說。她走向石頭小徑，把瓶子上下顛倒，蓋子朝下，握著瓶底往石頭上俐落一敲。她把瓶子翻過來一扭。這次蓋子打開了。

她把果醬瓶遞給娥蘇拉．蒙克頓，她伸手進瓶子裡，把曾是我腳裡一個洞的半透明東西掏出來。它似乎很高興讓她觸摸，扭曲、蠕動、收縮。

她把蟲洞丟到地上。蟲洞落到草上，開始變大。其實不是變大，只是改變了——好像和我的距離比我以為的近。我能看穿蟲洞，從一端看到另一端。要不是那個通道的另一端是通往淒涼的橘色天空，我甚至可以跑過那個通道。

我看著蟲洞時，胸口又一陣抽痛：有股冰冷的感覺，好像吃了太多冰淇淋，從身體內部冷了起來。

娥蘇拉．蒙克頓走向通道口（小小的蟲洞怎麼可能是通道呢？我實在不懂。那東西仍是草地上一個半透明、又銀又黑的蟲洞，長度不過一英尺。感覺像我把那東西的影像拉近。無論如何，那是個通道，帶著一整間房子穿過去也沒問題）。

然後她停下腳步，發出哀號。

她只說：「回去的路。」又說：「不完整。壞了。最後一段通道不在……」她煩惱且困惑地左右張望，再將目光定在我身上——不是我的臉，而是我的胸口。她微笑了。

然後她開始**顫動**。前一刻她還是全身赤裸泥濘的成年女人，下一刻搖身一變，像一把肉色的雨傘一樣展開。

展開的同時，她往前一探，抓住了我，把我高高拉離地面，我害怕地伸手抓住她。

我抓著那副血肉之軀，離地至少十五英尺，像在樹上一樣高。

我抓的不是血肉之軀。

我手裡是破爛的布料、襤褸腐爛的帆布，感覺得到底下的木頭。並非結實的上好木材，而是樹倒下時看到的那種老朽木頭，摸起來總是溼溼的，可以用手指撥開，裡面會有小甲蟲、木蝨，生滿細長的菌類。

它抓住我，嘎吱搖晃。

它對萊緹．漢絲托說：**妳把通道擋住了**。

「我什麼也沒擋住。」萊緹說。「妳抓了我的朋友。放他下來。」她在我下面好遠的地方，

我怕高，也怕抓住我的那個東西。

通道不**完整**。**通道被擋住了**。

「放他下來，快點，別傷了他。」

他可以讓通道完整。**通道在他體內**。

當時我覺得自己死定了。

我不想死。爸媽說過，我不會真的死，至少真正的我並不會——誰也不會真的死去，像我的小貓和蛋白石礦工，他們死去時只是換了新的身體，不久就會再回來。我不知道是不是真的，只知道我習慣當我自己了，我也喜歡我的書、我的祖父母和萊緹·漢絲托，而死亡會奪去這些人事物。

我要剖開他。通道壞了。通道還在他體內。

我想踢動掙扎，卻踢不到東西。我用手指拉扯抓住我的枝幹，指甲卻掐進腐爛的布料和鬆軟的木頭，底下硬如骨頭。那東西把我拉近。

「放開我！」我喊道。「放！開！我！」

不。

「媽！」我叫道。「爸爸！」接著我喊。「萊緹，讓她放我下來。」

我爸媽不在，但萊緹在。她說：「史嘉薩奇。放他下來。我給過妳選擇了。妳的通道末端在他身上，要把妳送回家比較難。但我辦得到——即使我和媽不行，外婆也可以。放他下來吧。」

在他體內。不是通道。不再是了。沒有盡頭。我把路徑固定在他身上的時候做得太好，最後一部分還在他體內。沒關係。只要探進他的胸口，挖出他跳動的心，完成路徑，我就能逃走了。

沒有臉、啪答拍打的東西說話時沒有言語，直接在我腦中說話，然而它說的話不知怎麼讓我想起娥蘇拉．蒙克頓悅耳好聽的嗓音。我知道它是認真的。

「妳的機會已經用完了。」萊緹的語氣好像只是在告訴我們天空是藍色。她伸出兩指湊到脣邊吹起口哨，哨音尖銳甜美又刺耳。

於是牠們來了，彷彿一直在等候她召喚。

牠們遠在高空中，好黑，漆黑無比，黑到像是我眼中的斑點，根本不是真正的東西。牠們有翅膀，卻不是鳥。牠們比鳥更古老，盤旋、繞圈、螺旋、翱翔，有數十隻，甚至數百隻，每隻拍打翅膀的非鳥之鳥皆緩慢至極地降落。

我發覺自己想像起數百萬年前滿是恐龍的山谷，滿是死於打鬥或疾病的恐龍。我先想像著雷龍的腐敗屍體，體積比公車還龐大，然後想像著那一紀的禿鷹——灰黑色、光溜溜，有翅膀卻沒羽毛。牠們的臉彷彿來自噩夢——飢餓的紅眼睛，喙一樣的吻部，滿嘴針尖般的利齒，用來撕碎、扯裂、吞食。這些生物落在巨大的雷龍屍體旁，除了骨頭，牠們什麼也不會留下。

牠們好龐大，體表光滑，古老，看得我眼睛發疼。

「好了。」萊緹．漢絲托對娥蘇拉．蒙克頓說。「放他下來。」

抓住我的那東西完全不打算放下我。它什麼也沒說，只像艘破爛高聳的船一樣迅速移動，越過草地朝通道而去。

我看見萊緹．漢絲托露出憤怒的神情，她握緊拳頭，指節都發白了。我看到餓鳥在我們上空盤旋，一圈又一圈……

接著其中一隻從天而降，以超乎想像的速度落下。我感覺到身邊有一股氣流，瞥見黑之又黑的嘴裡滿是尖牙，眼睛像煤氣燈一樣熊熊燃燒，我聽見像撕破布簾般的聲音。

飛翔的東西嘴裡叼著一段灰布，衝回空中。

我的腦中和耳裡聽見哭號，那是娥蘇拉・蒙克頓的聲音。

接著牠們便落下，好像之前一直等著誰率先行動。牠們從空中朝抓住我的那東西降下，噩夢撕扯著噩夢，扯下一片片碎布，同時我不斷聽見娥蘇拉・蒙克頓在哭喊。

我只是給予他們需要的東西，她氣惱恐懼地說。**我讓他們快樂啊**。

「妳讓爸爸傷害我。」噩夢撕扯著抓住我的東西，它拍打掙扎。餓鳥撕裂了它，每隻鳥默默扯開一條條的布，大力振翅飛回空中，盤旋之後再次降下。

它對我說：**我沒逼他們做任何事**。我一時以為它在對我笑，然而笑聲變成了尖叫，刺痛我的耳朵和心靈。

感覺就像風拋下了破爛的船帆，抓住我的那個東西緩緩頹倒落地。

我重重撞向草地，擦破了膝蓋和掌心。萊緹把我拉起來，扶我遠離頹倒在地的殘骸：那殘骸從前曾自稱娥蘇拉・蒙克頓。

還有灰布，但那不是布——那東西在我周圍地上扭曲翻滾，像一團蠕動的蛆蟲，我卻感覺不到風的吹拂。

餓鳥群落在那東西上，宛如海鷗襲向滿灘擱淺的魚，牠們搶食的樣子好像一千年沒吃東西，急著塞飽肚子，猶如生怕還要一千年才有得吃。牠們扯著灰色的東西，在牠們將它破帆布身軀塞進尖嘴的過程中，我腦中一直聽得見它的尖叫聲。

萊緹抓著我的手臂。她什麼也沒說。

我們等待。

尖叫停止時，我知道娥蘇拉．蒙克頓已經永遠消失。

黑色生物吃完草地上的東西，什麼也不剩，甚至最後一點灰色碎布也沒有的時候，牠們將注意轉向半透明的通道，通道好像有生命般扭曲蠕動收縮。其中有幾隻餓鳥把通道抓在爪子中，拉著飛向空中，其他則撕扯著通道，以飢餓的嘴吞食。

我以為牠們吃完就會離開，回到牠們來的地方，結果不然。牠們又下來。著陸時，我計算牠們的數量，卻算也算不清。我原以為牠們有幾百隻，但我或許錯了。可能有二十隻，也可能有一千隻。我不知道怎麼解釋。牠們或許是來自不適用數算的地方，來自時間與數量有所不及的地方。

牠們著陸了，我看著牠們，卻只看到黑影。

好多黑影。

牠們緊盯著我們。

萊緹說：「你們來這裡的目的已經達成。你們抓到了獵物，清理完畢，可以回家了。」

然而黑影沒動。

她說：「走啊！」

草地上的黑影仍待在原位。或許更黑暗了些，比原本看起來更真實。

——妳沒有力量支配我們。

「也許吧。」萊緹說。「但把你們召喚來這裡的是我，現在我叫你們回家去。你們吞噬了要塞的史嘉薩奇，完成了你們的工作。離開吧。」

——我們是清潔工。我們是來清理的。

「對，你們要清理的東西已經清理完了。回家去。」

——還沒完。杜鵑花叢裡的風和窸窣的青草嘆息道。

萊緹轉身向我，兩手摟著我說：「來吧。快一點。」

我們快步走過草坪。「我帶你去妖精圈。」她說。「你得在那裡等，等我來接你。別離開。不論發生什麼事都不能離開。」

「為什麼？」

「因為你可能會遇上壞事。我想我沒辦法把你安全地帶回農舍，這事我沒辦法自己解決。但你在妖精圈裡很安全。不論你看到什麼、聽到什麼，都別離開。待在原地就不會有事。」

「那不是真的妖精圈。」我對她說。「只是我們的遊戲。那是一圈青草。」

「該是什麼就是什麼。」她說。「想傷害你的東西都進不了圈子。好了，待著別出來。」她捏捏我的手，帶我走進那圈青草。然後拔腿就跑，跑進杜鵑花叢，沒了蹤影。

12

影子聚到妖精圈旁。像輪廓不明的汙漬，只有用眼角餘光才看得到，才真正存在。牠們這時候看起來才像鳥。看起來才飢腸轆轆。

那個下午，在中央有棵枯樹的那圈青草裡，是我這輩子最害怕的時刻。沒有鳥兒鳴唱，沒有昆蟲嗡嗡唧唧。一切都沒變。我聽見葉片沙沙，青草被風吹動，發出嘆息，但萊緹．漢絲托不在，微風中沒有人聲。那裡令我害怕的只是黑影，而我正眼注視的時候，甚至看不大清楚那些影子。

太陽在空中落下了一些，影子混入暮色，或許朦朧了些，因此這時我不再確定那裡有沒有東西。但我沒離開青草圈。

「嘿！小子！」

我轉過身。他越過草坪向我走來，身上穿著我上次見到他時那套衣服——無尾的禮服，褶邊白襯衫，黑領結。他的臉仍然是嚇人的櫻桃紅，好像剛剛在海邊待太久，但他雙手慘白，看起來像蠟像，不像人，像恐怖蠟像館會看到的東西。他發現我在看他，於是咧嘴一笑，這下子他看起來更像微笑的蠟像，我吞了口口水，暗自希望太陽再度出來。

「來吧，小子。」蛋白石礦工說。「你只是在拖延，該發生的終究會發生。」

我一言不發，只是注視著他。他閃亮的黑鞋子走向青草圈，但沒跨過。

我的心在胸口裡狂跳，覺得他一定聽得到我的心跳聲。我的頸子和頭皮刺痛。

「小子。」他以刺耳的南非口音說。「牠們得把這事了結，牠們專做這種事——牠們是食腐的一族，吞噬虛無的禿鷹。這是牠們的工作。收拾剩下的爛攤子，收得乾淨俐落。把你從這世界撕去，像你從來不存在。認命吧，不會痛的。」

我注視著他。不論是什麼，大人只有在真的會痛的時候才說不會痛。

穿著無尾禮服的死人緩緩轉過頭，直到臉與我相對。他的眼珠整個翻白，似乎盲目地望著我們頭上的天空，好似在夢遊。

「你的小朋友啊，她救不了你。」他說。「好幾天前，牠們的獵物把你當成從她那兒到這裡的門，她將她的通道牢牢固定在你心裡的時候，你的命運就注定了。」

「不是我引起的！」我對死人說。「不公平。是**你**引起的。」

「對。」死人說。「你要來嗎？」

我背靠著妖精圈中央的枯樹坐下，閉眼不動。我回想詩句，讓自己分心，在腦裡默默背誦，用嘴形默念，沒出聲。

老怒告訴他在屋裡遇到的老鼠我們上法院我要把你起訴……

我在學校學到這首詩，牢記在心。原詩出自《愛麗絲夢遊仙境》裡的老鼠，就是愛麗絲在自己淚水淹成的池子裡遇到的那隻。在我的那本《愛麗絲》，這首詩就像老鼠的尾巴那樣彎曲變細。

我可以一口氣背完整首詩，我也真的這樣做了，背到注定出現的結尾。

法官和陪審團都掛我的名老怒狡猾機靈他說整個審判由我照應宣告你被判死刑。

我睜開眼睛抬頭一看，蛋白石礦工已經不在了。

天空逐漸灰暗，世界失去深度，變得扁平，陷入薄暮之中。即使黑影還在，我也看不見牠們。但也可能是整個世界陷入陰影中。

妹妹叫著我的名字，從屋裡跑出來。她在跑到我身邊之前就停下腳步，說：「你在做什麼？」

「沒什麼。」

「爹地打電話來。他要你接電話。」

「不對，他才沒有。」

「什麼？」

「他沒那麼說。」

「不快點來你就要麻煩大了。」

我不確定她是不是我妹妹，但我在青草圈裡，她在圈外。

雖然已暗到無法閱讀，我還是希望帶了書在身上。我又在腦海裡背了一次老鼠的〈淚之池〉。走吧別說不要開庭審判不可少否則今早我窮極無聊……

「娥蘇拉呢？」我妹妹問。「她上樓到她房間，可是她不在那邊了。她不在廚房，也沒在噓噓。我要吃晚餐，我肚子餓了。」

「妳可以自己做點東西吃。」我對她說。「妳不是小寶寶了。」

「娥蘇拉在哪？」

她被外星禿鷹怪撕成碎片，說實在我覺得妳是牠們變的，或是被牠們控制之類的。

「不知道。」

「等媽咪爹地回家，我會跟他們說你今天對我好壞，你就麻煩大了。」我不禁納悶這人究竟是不是我妹妹。聽起來像極了她，但她沒跨過青草圈走入圈子裡。她朝我吐吐舌頭，跑回屋子。

老鼠對狗說親愛的先生沒法官沒陪審團那樣的審判是白費時間……

深沉晦暗的暮色中，一切失去色彩，顯得虛假。蚊子在我耳邊嗡鳴，一一落在我的臉頰和手上。我很慶幸身上穿著萊緹．漢絲托表哥的古怪舊式衣服，曝露在外的皮膚較少。只要有蟲子停在身上我就打，有些飛開了。有一隻沒飛開，貪婪地在我手腕內側吸血，被我打爆，留下一抹淚滴似的血，我自己的那滴血流下我的手臂內側。

上方有蝙蝠在飛。我一向喜歡蝙蝠，但那晚蝙蝠的數量實在太多了，讓我想到餓鳥，不寒而慄。

薄暮不知不覺變成了黑夜，我坐在花園底那個已經看不見的圈子裡。屋裡亮起了親切的電燈燈光。

我不想在黑暗中感到恐懼。其實也不是真的害怕什麼，只是不想再待在那裡，在黑暗中等待一個從我身邊跑開、似乎不會再回來的朋友。

……老怒狡猾機靈他說整個審判由我照應宣告你被判死刑。

我待在原地。我看過娥蘇拉．蒙克頓被撕得稀爛，被我所知事物存在的宇宙外的食腐者吞噬。我確信如果我離開圈子，牠們也會對我做同一件事。

我背完路易斯．卡洛的詩，開始回憶吉伯特和蘇利文的段子。

當你頭痛得要命躺在床上無比清醒焦慮禁絕歇息我想你可以採取你選擇的任何言語盡情運用而不失禮……

我不大了解意思，但很喜歡這些字的聲響。

我想小便。我轉身背對房子，從樹旁往外走了幾步，生怕多走一步會跑到圈圈外。我往黑暗中撒尿。剛尿完就被手電筒的光照花了眼。我聽到爸爸的聲音說：「你到底在這裡幹什麼？」

「我……就是待在這裡而已。」我說。

「對。你妹妹剛說了。好啦，該回屋裡去了。你的晚餐在桌上。」

我沒離開原處。「不要。」我邊說邊搖搖頭。

「別鬧了。」

「我不是在鬧。我只是想待在這裡。」

「來吧。」接著是更輕鬆的語氣。「來吧，帥喬治。」這是我還是小寶寶時他替我取的愚蠢小名。他甚至編了首歌，把我抱在他腿上抖時伴著唱，那是世上最棒的歌。

「我可不要把你扛回家。」爸爸說，聲音中出現一絲怒意。「你長太大了。」

是啊。我心想。而且你還得跨過妖精圈才能把我扛起來。

但這時妖精圈顯得很蠢。他是我爸爸，不是餓鳥變來騙我出去的蠢蠟像。晚上了，爸爸下班回來。時間點沒錯。

我說：「娥蘇拉．蒙克頓走了，她永遠不會回來了。」

他聽起來火冒三丈。「你做了什麼好事？你對她說了什麼難聽話？你對她不禮貌嗎？」

「沒有。」

他把手電筒照向我臉上。強光幾乎弄得我看不見。他似乎在努力控制怒氣。「你跟她說了什麼？告訴我。」

「我什麼也沒說。她就是離開了。」

真的是這樣……幾乎是啦。

「回屋裡來，快點。」

「爸，拜託。我得待在這裡。」

「你現在就給我回屋裡去！」爸爸放聲大吼，我忍不住了。我的下脣顫抖，鼻子冒出鼻水，淚水湧進眼中。眼淚模糊了我的視線，刺痛眼睛，但沒有落下，我眨眨眼忍住淚水。

我不知道我是不是在跟自己的父親說話。

我說：「我不喜歡你吼我。」

「嗯，我也不喜歡你表像得像隻小畜牲！」他吼道，這下我哭了，眼淚淌下臉頰，真希望我那晚在別的地方——什麼地方都好。

過去幾個小時裡，我面對了比他更糟的東西。突然間，我再也不在乎了。我抬頭看著手電筒燈光後的黑暗形體，說：「把小男孩弄哭覺得自己很了不起嗎？」話說出口時，我馬上知道我永遠不該說這種話。

他的臉映著手電筒燈光，所以我看得見，而我見到他的臉垮了下來，一臉震驚。他開口要說話，又閉上嘴。我從不記得爸爸在那之前或之後曾經啞口無言，只有那一次。我心裡好不舒服。我心想，*我就快死了。我不希望死前最後說的是那些話。*

但手電筒的光從我身上轉開了。爸爸只說：「我們就在屋裡。我會把你的晚餐放進爐子保溫。」

我看著手電筒的光在草坪上往回移動，經過玫瑰花叢朝房子去，最後熄滅，看不到了。我聽見後門打開又關起。

你藉著打盹小憩得到一點休息眼球發熱頭痛不休但你的睡眠中充斥如此恐怖的噩夢最好還是保持清醒……

有人在笑。我不再唱了。我左右張望，卻誰也沒看到。

「〈噩夢歌〉。」一個聲音說。「真貼切。」

她走近我，直到我看見她的臉。她仍然沒穿什麼衣服，臉上掛著微笑。不過幾個小時前我才看見她被撕得稀爛，此刻她又完好如初。不過她仍然不如那晚我看過的其他人那麼實在：我看得見房裡的光在她背後閃爍，穿透身體。她的笑容依舊。

我對她說：「妳死了。」

「對，我被吃了。」娥蘇拉・蒙克頓說。

「妳死了。妳不是真的。」

「我被吃了。」她又說了一次。「現在我什麼也不是。牠們從身體裡面放我出來一下下。那裡好冷，而且好空虛。但牠們保證把你給我，讓我有東西可玩，讓我在黑暗中有東西為伴。你被吃掉以後也會什麼都不是。但不論在之後還殘留什麼，都將成為我的所有物，和我一樣被吞噬，成為我的玩具、我的消遣，直到時間的盡頭。那一定**有趣極了**。」

鬼魂般的手舉起，碰了碰那抹笑，送來娥蘇拉・蒙克頓幽幽的飛吻。

「我等著你。」她說。

我背後的杜鵑花裡傳來窸窣聲，一個開心的年輕女性聲音說：「沒事了，外婆解決了，一切都處理好了。來吧。」

月亮露了臉，掛在杜鵑花叢上方，明亮的新月有如剪下的厚厚一彎指甲片。

我在枯樹旁坐下，動也不動。

「來啊，傻東西。我說過了，牠們回家去了。」萊緹．漢絲托說。

我對她說：「如果妳是真的萊緹．漢絲托，就進來這裡。」

她待在原地，她只是個影子女孩。接著她笑了，開始延伸搖擺，化為另一團影子，籠罩黑夜。

「你餓了。」夜裡的那個聲音說，並不再是萊緹的聲音。或許是我腦中的，不過這時用耳朵聽得見。「你累了，你的家人恨你，你沒有朋友。而萊緹．漢絲托呢，很遺憾，她不會回來了。」

真希望我看得到是誰在說話。如果有特定且有形的恐懼對象，而不是某種可能是任何事物的東西，那會輕鬆一點。

「沒人在乎你。」說話的那聲音好無奈、好實際。「好了，走出圈子，跟我們來吧。只要一步就好，一腳踏過邊緣，我們就會讓所有痛苦永遠消失，包括你現在的痛苦和未來的痛苦。永遠不會有了。」

那不是單一的聲音，聲音變了。那是兩個人齊聲說話，或是一百個人異口同聲。我分不出來，太多了。

「你的心裡有個洞，在這世界怎麼會快樂？你身體裡有個通道，通往你所知的世界以外的地方。在你長大的過程中，那些地方會呼喚你，而你永遠忘不了那裡。在你心中，你會不斷去探詢你得不到的事物，而你甚至無法確實想像那些事物，那空缺會讓你無法成眠，毀了你的每一天和你的一生，直到最後一次閉上眼，直到愛人下毒害你，把你賣去**解剖**，即使到那時候，你仍會懷著心裡的空洞死去，而你會哭喊咒罵這缺憾的一生。但你不會成長。你可以現在出來，我們把事情做個了斷，乾淨俐落，你也可以在這裡餓死或嚇死。等你死了，圈子就會失去意義，而我們會扯出你的心臟，奪取你的靈魂。」

「或許會吧。」我對黑暗與黑影說。「也或許不會。或許如果事情發生，的確會變成那樣。我不在乎，我還是會在這裡等萊緹・漢絲托，她會回來我身邊。如果我在這裡死去，也是在等待她時死去，總好過讓你和你們這些愚蠢可怕的東西，因為我體內有我**不想要**的東西就把我撕碎。」

一陣沉默。黑影似乎又融入了黑夜。我思考著我剛剛說的話，知道那些話發自肺腑。童年中，我難得有那麼那一刻不害怕黑暗。如果必須因為等萊緹而死去，我**的確**願意死去（當然是確信自己死不了的七歲小孩的那種願意）。因為她是我的朋友。

時間流逝。我等待黑夜再和我說話，等著人來，等著我想像中的鬼魂和怪物站在圈子外叫我出去，但什麼也沒發生。至少暫時沒有。我就這樣等著。

月亮升得更高。我的眼睛適應了黑暗。我低聲唱歌，一再默念出那些字句。

你悲慘之致，悶到脖子
你的頭靠在地板，難怪會打鼾

縫衣針大頭針彷彿扎滿你腳底到腳脛
而你的左腳發麻所以身上發毛，
你的腳趾抽筋，鼻子停了蒼蠅。
肺裡癢搔搔，舌頭熱又燥
口乾焦渴而且隱約覺得你翻來覆去
輾轉反側……

我對著自己唱了那整首歌兩次還是三次，很慶幸我記得歌詞，雖然有些我不大了解意思。

13

萊緹來了，這次是真的萊緹。她手上提了桶水。從提桶子的姿勢看來，水桶想必很重。她跨過應該是草地上圈子邊緣的位置，直直走到我身邊。

「不好意思。」她說。「我沒料到要這麼久。而且它不肯合作，最後是我和外婆合力才完成，抬起來的時候大多是她出的力。它沒跟她爭，但也沒幫忙，很難——」

「什麼意思？」我問道。「妳在說什麼？」

她把金屬桶子擱在我身邊的草地上，沒濺出半滴水。「海洋啊。」她說。「它不想離開。跟外婆纏鬥了一番，她說她之後得去躺一躺。但我們最後還是把它弄進桶子裡了。」

桶子裡的水閃閃發亮，散發藍綠色光芒。我在水面上看到萊緹臉龐的倒影，看到水面的波浪和漣漪，看著這些水波起伏，拍打桶壁。

「我不懂。」

「我不能把你帶到海洋那裡。」她說。「可是沒什麼能阻止我把海洋帶到你身邊。」

我說：「萊緹，我餓了。我不喜歡這樣。」

「媽媽做了晚餐，可是你得再忍耐一下下。你自己待在這邊的時候害怕嗎？」

「害怕。」

「牠們企圖把你引出圈圈嗎？」

「對。」

她牽起我的雙手，捏了一下。「可是你待在你該在的地方，沒聽牠們的話。做得好，真有你的。」她聽起來頗以我為榮。一時間，我忘了肚子餓，也忘了恐懼。

「現在我該做什麼？」我問她。

「現在呢，」她說，「你踩進桶子裡。不用脫掉鞋子之類的。踩進去就對了。」

這要求其實不怎麼奇怪。她放開我一隻手，另一隻還握在她手裡。我心想，*我絕不會放開妳的手，除非妳要我放。*我一腳踩進桶裡閃閃發亮的水，水面幾乎升到桶邊。我的腳踩到錫桶底，水在腳上感覺涼涼的，不會冷。我另一隻腳也踩入水中，然後就沉了下去，像大理石雕像一樣下沉，萊緹．漢絲托那片海洋的波浪淹沒了我頭頂。

我震驚極了，就像沒看後面往後退，結果卻跌進泳池裡。水刺痛我的眼睛，我緊緊閉上不睜開。

我不會游泳，不知道自己在哪裡，也不知道發生了什麼事，但即使在水下，我還感覺到萊緹仍握著我的手。

我憋住呼吸。

憋到再也憋不住，我才咕嚕吐出一口氣泡，吸了口氣，以為會嗆到、會死掉。

但我沒嗆到。我感覺到冰涼的水（應該是吧）湧入鼻子和喉嚨，充滿我的肺，但就這樣了，我吸進水，卻一點事也沒有。

我心想，這是可以呼吸的那種水。我心想，或許有個在水裡呼吸的祕訣，只要知道了就很簡單，誰都做得到。

我是這麼想的。

這是我的第一個念頭。

第二個念頭是，我知道一切。萊緹・漢絲托的海洋湧入我之中，也充斥著整個宇宙，充斥著從**蛋**起始乃至於**玫瑰**的一切。我一清二楚。我知道**蛋**是什麼——是宇宙起源，未成形的聲音在虛空中歌唱；我也知道**玫瑰**在哪——空間一層層皺起堆疊，形成次元，那些次元像折紙藝術一樣折疊，像奇異的蘭花一樣綻放，代表了一切終結和下一次大爆炸前的最後一段美好時光。我知道這段時光和那之後可是天壤之別。

我知道上次發生此事時漢絲托老太太就在了，下次發生時她也會在。

我看著我出生以來踏足的世界，明白這世界多麼脆弱，我所知的現實只是薄薄一層糖霜，覆蓋著一個巨大的黑色生日蛋糕，蛆蟲、噩夢和飢餓蠕動其中。我從上從下看著這個世界，我看到超越現實的模式、門路和途徑。我看到這一切，了解這一切。隨著海洋的水充滿我體內，這些知識也充滿了我。

一切都在我之中低語，一切和一切對話，而我知道一切。

我好奇地張開眼睛，想知道在我之外的世界會看到什麼，會不會像內在的世界一樣。

我漂浮在深水中。

我低頭看，下方的藍色世界遁入黑暗。我仰起頭，上方的世界亦同。沒有東西把我拉向更深處，也沒有東西迫使我浮向水面。

然後我稍稍轉頭看向她，因為她仍拉著我的手，她從沒放開過。我看見了萊緹．漢絲托。

起初我恐怕不明白自己看見了什麼。我無法理解。娥蘇拉．蒙克頓的真面目是暴風中劈啪拍打翻騰的灰布，萊緹．漢絲托則是冰色的絲緞，絲緞上是成千上萬細小閃爍的燭焰。

燭焰可能在水下燃燒嗎？在那裡可以。我在海洋裡知道確實可以，甚至知道怎麼辦到。我了解此事，就像了解**黑暗物質**，也就是構成宇宙萬物、必定存在卻找不到的那種物質。我發現自己想著有片海洋流過整個宇宙之下，就像老碼頭的木板下拍打的深色海水——那片海洋從永恆延伸至永恆，卻仍小得能盛進一只水桶，只要有漢絲托老太太幫忙，而且好言拜託，就能成功。

萊緹．漢絲托看起來像淡色的絲綢和燭焰。不知道我在這地方時在她眼裡看起來是什麼模樣，我很清楚，即使在一個充滿知識的地方，那仍是我唯一不得而知的事。我知道如果我望向自己之內，只會看到無盡的鏡子望向我之內，以至永恆。

這時燭焰遍布的絲綢動了，以水面下動作的方式緩慢優雅地移動。水流拉著絲綢，接著絲綢有了手臂，有那隻從來不曾放開的手，還有身體與一張熟悉的雀斑臉，張開嘴，以萊緹．漢絲托的聲音說：「很遺憾。」

「遺憾什麼？」

她沒回答。海流像夏日的微風一樣拉扯我的頭髮和衣服。我不再冷了，我知道一切，而我不再覺得餓，這整個複雜龐大的世界變得簡單易懂，容易解讀。我想永遠待在這片海洋裡，這裡是宇宙，也是靈魂，除此之外什麼都不重要。我想永遠待在這裡。

「不可以。」萊緹說。「會毀了你。」

我張開嘴，想告訴她什麼也殺不死我，至少現在不會。但她說，「不是殺死你，而是毀了你、分解你。你不會在這裡死去，這裡什麼東西都不會死，但如果你在這裡待太久，就會變成所有地方都有一點點的你，一切擴散出去。那可不是好事。在同一個地方不會有足夠的你，所以不會剩下任何有自覺的意識。再也沒有任何觀點，因為你成了一連串無盡的觀點和思想……」

我想跟她爭論。她錯了，她一定在胡說。我愛這個地方，愛這種狀態、這個感覺，我才不要離開。

接著我的頭冒出水面，我眨著眼、咳著水，站在漢絲托家農場後那個池塘水深及大腿的地方，而萊緹．漢絲托站在我身邊，拉著我的手。

我又咳了咳，感覺水從鼻子、喉嚨和肺裡跑出來。我將清新的空氣吸進肺裡，就在那個巨大渾圓收穫月的光芒下，月亮照耀著漢絲托家的紅瓦屋頂，在那最後的完美時刻中，我仍然知道一切。我還記得，我當時知道怎麼讓月亮在需要時變成滿月，每晚都在屋後照耀。

我知道一切，萊緹・漢絲托卻把我拉出池塘。

我仍穿著那天早上得到的老式怪衣服，我從池塘裡爬出來，踏上池邊草地，發現衣服和皮膚完全乾燥。海洋回到池塘裡，而我像從夏日的一個夢境醒來，腦中只記得不久以前我知道一切。

我在月光下望著萊緹。「妳就是那樣的嗎？」我問。

「那樣是**哪樣**？」

「妳一直都知道一切嗎？」

她搖搖頭，臉上沒有微笑。她說：「知道一切很無聊。如果想在這裡混，就得完全放棄那東西。」

「所以妳**以前**知道一切？」

她皺皺鼻子。「大家都知道。我說過，知道是怎麼回事沒什麼了不起。如果想玩得開心，真的就得放棄那一切。」

「玩**什麼**？」

「這個啊。」她說。她指指房子、天空、那個不可思議的月亮，和一落落、一叢叢、一團團明亮的星星。

真希望我知道她指的是什麼。她彷彿在說一個我們曾經共享的夢境。有那麼片刻，那概念在我腦中呼之欲出，我差點就能捕捉。

「你一定餓了吧。」萊緹打破了那個片刻，然而我的確餓了，飢餓占據了我的心思，吞噬了徘徊不去的夢境。

農舍大廚房裡，餐桌上擺了一個盤子，就擺在我的位置上。盤裡有一塊牧羊人派，馬鈴薯泥頂層焦褐，下面是碎肉、蔬菜和肉汁。我很怕在我家以外的地方吃東西，怕會因為留下不喜歡的食物受到責備，或是被迫坐下來一次吃一點點，直到把食物吃完，像在學校那樣。但漢絲托家的食物永遠完美，我不覺得可怕。

吉妮・漢絲托圓潤而親切，穿著她的圍裙在廚房裡忙碌。我低著頭默默地吃，將美味的食物塞進嘴裡。女人和女孩以低沉急促的語調說話。

「牠們很快就會來了。」萊緹說。「牠們不笨。不達成最後一點目的不會離開。」

她母親嗤之以鼻。廚房爐火的熱度讓她紅潤的臉頰變得通紅。

「少來了。」她說。「那些傢伙光長嘴巴。」

我沒聽過種形容，我想她是說那生物全身除了嘴巴，什麼都沒有。要說影子全身只有嘴巴，好像並非不可能。我看過牠們吞噬自稱為娥蘇拉・蒙克頓的那個灰色東西。

我的外婆要是看我這樣狼吞虎嚥一定會罵我。她會混著意第緒語說：「要細嚼慢嚥。」她會說：「要有人樣，別像豬仔。動物吃東西的時候囫圇吞。人要細嚼慢嚥。」囫圇吞——餓鳥就是這麼吃下娥蘇拉・蒙克頓，我確信牠們也會這樣吞了我。

「我從來沒看過那麼多。」萊緹說。「從前牠們來的時候通常只有幾隻。」

吉妮幫我倒了杯水。「是妳自己的錯。」她對萊緹說。「妳發出信號，呼喚了牠們，就好像搖響晚餐鈴。牠們自然全都來了。」

「我只是想確保**她**會離開。」萊緹說。

「跳蚤啊。」吉妮搖搖頭，「牠們就像雞一樣，跑出雞舍就沾沾自喜，因為可以隨心所欲吃蟲子、甲蟲和毛蟲就得意忘形，從來沒想到狐狸。」吉妮用一根長柄木杓使勁攪著在壁爐擱架上加熱的卡士達醬。「反正這下我們狐狸為患了。我們會把牠們全都送回家，就像上次牠們在附近聞聞嗅嗅時那樣。我們成功過，對吧？」

「其實沒有。」萊緹說。「我們要不是把跳蚤送回家，讓害獸沒理由在這裡逗留，就像克倫威爾那時候地窖裡的跳蚤，不然就是牠們解決了過來的理由，然後離開。就像紅臉路弗斯時期讓人夢想成真的那隻跳蚤。牠們抓住他、吞了、然後離開。我們以前從來不需要擺脫牠們。」

她母親聳聳肩。「還不是一樣。我們會把牠們送回來的地方。」

「牠們是**從哪**來的？」萊緹問。

我吃的速度減慢了，正在盡量讓牧羊人派最後的碎塊維持久一點，於是拿叉子把碎塊在盤子裡推來推去。

「不重要。」吉妮說。「牠們終究會回去。可能等厭了就走。」

「我試著把牠們引開。」萊緹．漢絲托面不改色。「可是引不開。我用一層防護罩擋著牠們，但撐不了多久。我們在這裡很安全，只要我們不同意，什麼也進不了這座農場。」

「進不來，**也**出不去。」吉妮說。她拿走我的空盤，放上一個碗，碗裡是一片熱氣騰騰的葡萄乾布丁，濃濃的黃色卡士達醬覆蓋其上。

我開心地吃著。

我並不懷念童年，但懷念當時即使有更重大的事正在崩解，我仍然可以享受小事情。我不能控制我所在的世界，不能逃開傷害我的人、事情或時刻，但讓我開心的事能帶來喜悅。卡士達醬入口濃醇香甜，那塊蛋糕厚的布丁味道清淡有彈性，布丁裡鼓脹的黑醋栗乾味道濃烈。或許我那晚會死，或許我再也回不了家，但這頓晚餐很棒，我對萊緹．漢絲托有信心。

廚房外的世界仍在等待。漢絲托家那隻霧灰色的家貓踩著步子穿過廚房（我好像還不知道她叫什麼名字）。

看到她，我想起……

「漢絲托太太？小貓還在嗎？白耳朵的那隻黑貓？」

「今晚不在。」吉妮．漢絲托說。「她跑出去閒晃了，整個下午都睡在玄關的椅子上。」

真希望我可以摸摸她柔軟的毛。那時我明白了，我想要道別。

「嗯……我想如果……我今晚……**真的**……會死……」我吞吞吐吐，不大確定要說什麼。

回想起來，我應該是想拜託她們——請她們代我向媽咪爹地道別，或是告訴妹妹，壞事從來都不會落到她頭上，真不公平。她的生命惹人憐愛、安全又受到保護，而我總是陷入災難。可是說什麼好像都不對，吉妮打斷了我，我鬆一口氣。

「今晚沒人會死。」吉妮．漢絲托堅決地說。她拿走我的空碗，在水槽裡洗乾淨，然後用圍裙擦乾她的手。她脫下圍裙走進玄關，片刻後回來，身上穿了件樸素的褐色外套和一雙深綠色的威靈頓大雨靴。

萊緹似乎不如吉妮有信心，雖然很有智慧又活了那麼多年，終究還是女孩，而吉妮是大人，她的自信令我安心。我對她們都有信心。

「漢絲托老太太呢？」我問。

「她在休息。」吉妮說。「她沒那麼年輕了。」

我問道：「她**到底**多老了？」但沒預期能得到答案。吉妮笑而不語，萊緹聳聳肩。

我們離開農舍的時候，我牽住萊緹的手，我向自己保證這次絕不會放開她。

14

我從後門進農舍的時候，月亮是圓的，完美如夏夜。我和萊緹・漢絲托和她母親一起從前門離開時，月亮高掛多雲的天空，是一彎皎潔的微笑，黑夜猛然吹起飄忽不定的春季微風，風向不斷變化，風中間或夾帶幾絲細雨，但雨勢從來沒變大。

我們穿過肥料味刺鼻的院子，走上小路，繞過小路的一個彎，停下腳步。天色雖然黑，我卻很清楚我們在哪。這就是一切開始的地方。蛋白石礦工就是在這裡停下我家的白色Mini，在這裡孤零零地死去，他為了失去的錢而心痛，臉紅得像石榴汁，死在漢絲托家土地邊緣，生死之間的區隔極為薄弱之處。

我說：「我覺得我們應該把漢絲托老太太叫起來。」

「不是要叫就能叫起來的。」萊緹說。「她累的時候，會睡到她自己醒來。可能幾分鐘，可能是一百年，別人叫不醒她。叫醒原子彈還比較容易。」

吉妮・漢絲托背對著農舍，定定站在小路中間。

「好啦！」她對黑夜喊道。「我們來見你們了。」

什麼也沒有。一陣帶水氣的風吹起又平息。

萊緹說：「牠們也許都回家了吧……？」

「那就太好了。」吉妮說。「搞出這堆狗屁倒灶的事。」

我覺得很內疚，畢竟都是我的錯。如果我握好萊緹的手，這些事就都不會發生。娥蘇拉．蒙克頓和餓鳥無疑都是我的錯。就連前一個晚上在冰冷的浴缸發生的事（如今或許沒發生過），也是我的錯。

我有了一個念頭。

「不能剪掉嗎？我心裡那個東西？牠們要的東西？也許妳們可以像妳外婆昨晚剪剪縫縫一樣把那東西剪出來？」

萊緹在黑暗中捏捏我的手。

「或許外婆辦得到。」她說。「可是我辦不到，我想媽媽應該也不行。把事物從時間裡剪出來並不容易，必須把邊緣對齊，即使外婆有時也會不成功。而且這個更難。這是實際的東西。我想就算外婆把那東西弄出來，也免不了傷到你的心……而你需要你的心。」接著她說：「牠們來了。」

早在她開口之前，我就知道有事要發生了。我再次看到大地散發金光，看著樹和草、樹籬、楊柳叢和散落的最後幾株黃水仙亮起一股幽暗的光。我畏怯又驚嘆地張望，發現房屋後面西方的光最強，那是池塘的位置。

我聽見巨大翅膀拍動的聲音，和一連串的低沉咚咚聲。我轉頭，看見了牠們——虛無的禿鷹，食腐的動物，餓鳥。

此時此地，牠們不再是黑影。牠們太過真實，在黑暗中降落，就在金色光芒的範圍之外。牠們落在半空中、落在樹上，往前挪動，盡可能靠近漢絲托家農場的金黃色地面。牠們是龐然大物，每隻都比我大。

牠們的臉很難形容。我看得見牠們，可以注視，分辨所有特徵，但我一別過眼就忘得一乾二淨。餓鳥原本在我腦中的那個位置只剩下鋒利的喙和爪子，蠕動的觸手或毛茸茸角質的顎。我記不起牠們真正的面孔。轉過頭之後，我只記得牠們直直望著我，而且貪婪無比。

「好啦，驕傲的美人兒。」吉妮．漢絲托大聲地說。她的雙手扠在披著褐色外套的臀部。「你們不能待在這裡。你們很清楚該走了。」然後她只說：「去去去。」

無數的餓鳥騷動，但沒離開，牠們發出一陣噪音。我覺得牠們在彼此交頭接耳，又覺得那是帶著興味的輕笑。

接著我聽見牠們的聲音，清晰卻糾纏在一起，無法分辨哪一隻在說話。

——我們是餓鳥。我們吞噬了皇宮、世界、國王和星星。我們想待在哪，就待在哪。

——我們只是執行我們的功能。

——我們不可或缺。

然後牠們放聲大笑，笑聲響亮，聽來好像有一輛火車朝我們直開過來。我捏捏萊緹的手，她回以一捏。

——把男孩交給我們。

吉妮說：「這是在白費你們的時間，也浪費我的時間。回家吧。」

——我們被召喚來這裡。我們完成來這裡的目的之前用不著回去。我們將事物恢復成原來的模樣。妳打算不讓我們執行我們的功能嗎？

「當然。」吉妮說。「你們已經吃過午餐了，現在只是在惹人厭而已。滾開，該死的害獸。我根本懶得理你們，回家去！」她俐落地揮揮手。

一隻鳥發出飢餓又挫折的長聲哀鳴。

萊緹的手握得很緊。她說：「他在我們的保護之下。他在我們的土地上。你們敢踩上我們的土地就完了。離開吧。」

那些生物似乎包圍得更近。薩塞克斯的黑夜靜悄悄，只有葉子在風中沙沙作響，只有遠方一隻貓頭鷹的呼喚，只有微風吹過時的嘆息。但在寂靜中，我聽得見餓鳥在商量，衡量牠們的選擇，研擬牠們的計畫。在那陣寂靜中，我感覺得到餓鳥的目光落在我身上。

一棵樹上有東西拍動巨大的翅膀，叫了一聲，那尖叫聲混雜了得意與欣喜，是宣告飢餓將得滿足的喜悅吶喊。我感覺胸中有東西回應著尖叫，像心中有一塊細碎的冰。

——我們沒辦法越過邊界。沒錯。我們不能從妳們的土地上帶走那個孩子，這也沒錯。我們傷不了妳們的農場或妳們的動物……

「沒錯，的確不能。所以快滾吧！回家去，你們不是還有場戰爭沒打完嗎？」

——我們的確傷不了妳的世界。

——但我們傷得了這個世界。

一隻餓鳥將利喙伸向腳邊的大地，開始撕扯。並非像動物吃土或吃草，而像在吞食畫上世界的布景或布幕。牠吃掉草之後，原處什麼也沒剩，只有完完全全的空無，顏色讓人想起灰色，沒有形體、陣陣脈動的灰，像拔掉電視的天線導線，有如影像完全消失之後跳動的靜電干擾。

這就是虛無。不是黑色，不是什麼都沒有。畫著薄薄一層現實的紗幕底下，就是這個樣子。

餓鳥拍著翅膀，開始聚集。

牠們落在一棵高大的橡樹上撕扯，把橡樹囫圇吞下，不一會兒樹就不見了，樹後方的一切也跟著消失。

一隻狐狸悄悄跑出樹籬，溜過小路。牠的眼睛、臉上的色塊，還有毛茸茸的尾巴都被農場的光照得金黃。牠還沒越過小路的一半，就從這世上被扯去，後方只有一片虛無。

萊緹說：「他說的對。我們得把外婆叫起來。」

「她會不高興。」吉妮說。「要叫醒她比叫醒——」

「管他的。如果不叫醒她，牠們會毀了這整個宇宙。」

吉妮只說：「我不知道**怎麼**叫醒她。」

一群餓鳥飛上夜空，雲層稀疏處透著星光。牠們撕下一塊我不知道名字的菱形星座，抓扯撕碎、囫圇吞下。幾個心跳之後，原先有星座和天空的地方就只剩下脈動的虛無，看了叫人眼睛發疼。

我是普通小孩——意思是我很自私，不大相信除了我之外的東西真的存在，而且我確信、我根深蒂固地相信這宇宙中就屬我最重要。沒什麼比我更重要。

然而我依然明白眼前是什麼情形。餓鳥將會——不對，應該說牠們**正在**撕扯這世界，把這世界撕碎為虛無。不久，這世界就將不復存在。媽媽、爸爸、妹妹、我家的房子、我在學校的朋友、我住的這座小鎮、我的祖父母、倫敦、自然史博物館、法國、電視、書和古埃及——因為我的關係，這一切都將消失，只留下虛無。

我不想死，更不想像娥蘇拉．蒙克頓那樣死去，死在撕扯的喙和爪子之下，而那些東西甚至可能沒有臉、沒有腳。

要知道，我一點也不想死。

但既然我有能力阻止，怎麼能讓一切毀滅？

我放開萊緹．漢絲托的手，拔腿就跑，拚了命地跑，因為我知道一旦猶豫，甚至放慢腳步，我就可能改變主意。我想保命，但這是最不應該的選擇。

我跑了多遠？照情況看來，恐怕不遠。

萊緹．漢絲托朝我吼叫，叫我停下來，但我繼續跑。越過農地，農地上每片草葉，小路上的每顆小卵石，每棵柳樹和榛樹都散發金光，而我朝漢絲托家之外的黑暗跑去。我跑著，一邊恨自己為什麼要跑，就像那次我從游泳池最高的跳水板跳下去，我知道自己無路可退，知道這樣的結果除了痛苦，別無他途，卻也知道我願意用我的生命換回這個世界。

我跑向餓鳥時，牠們飛入空中，就像你跑向鴿子牠們都會飛離地面一樣。鳥盤旋、迴繞，是黑暗中深沉的影子。

我站在黑暗中等待牠們降落，等著牠們的喙撕扯我的胸口，等著牠們吞下我的心臟。

我大概在那裡站了兩次心跳的時間，感覺彷彿永恆。

事情發生了。

有東西從後面撞上我，把我臉朝下撞進小路旁的泥裡。我眼冒金星，肚子撞到地上，被撞得喘不過氣。

（這時浮現了一段記憶的鬼影——虛幻的片刻，記憶之池裡恍惚的倒影。我知道牠們奪走我的心會有什麼感覺。我知道那些光長嘴巴的餓鳥刺進我胸口，扯出我怦怦跳的心臟，吞下去以得到藏在心臟裡的東西，我會是什麼感覺。我知道那是什麼感覺，彷彿那就是我生命中的一部分，是我死亡的一部分。那段記憶乾乾淨淨地被剪去、撕掉，然後——）

一個聲音說：「白痴！別動！不要動。」那是萊緹．漢絲托的聲音，然而即使我想動也動不了。她壓在我身上，她比我重，正把我臉朝下壓向草和溼土，我什麼也看不見。

但我能感覺到。

我感覺到牠們襲向她。她把我壓向地面，用自己擋在我和世界之間。

我聽見萊緹的聲音在慘叫。

我感覺到她顫抖痙攣。

飢餓且得意的難聽叫聲傳來，我還聽到自己的嗚咽啜泣，在我耳中好大聲……

一個聲音說。「不可原諒。」

那聲音很熟悉，但我想不到說話的是誰，也無法轉頭查看是誰在說話。

萊緹壓在我身上，她仍在顫抖，但那聲音說話時，她不再動彈。

那聲音繼續說：「你們憑什麼傷害我的孩子？」

牠們沉默了片刻，才回答：

——她擋在我們和屬於我們的獵物之間。

「你們是食腐動物，吃的是碎屑、殘渣、垃圾。你們是清潔工，真以為你們可以傷害我的家人？」

我知道是誰在說話。那聲音聽起來像萊緹的外婆，像漢絲托老太太。我知道那聲音像是她，卻又好不一樣。如果漢絲托老太太是女皇，可能會那樣說話。然而，和我認識的老太太比起來，她的聲音更高傲、威嚴，卻又更悅耳。

溼溼暖暖的東西濡溼我的背部。

——不……不，夫人。

這是我第一次在餓鳥的聲音中聽見恐懼或猶豫。

「世上有協定，有法律，有條約，而你們全都違犯了。」

接著是一片寂靜，寂靜卻比言語更有力量。再也無話可說。

我感覺到萊緹的身體從我身上被搬開，我抬頭看到吉妮．漢絲托悲慟的臉。她坐在路邊的地上，而我的臉埋在她胸前。她一手摟著我，另一手摟著萊緹。

陰影中，有隻餓鳥以不是聲音的聲音說話，牠只說：

——我們很遺憾，請節哀。

「遺憾？」這話不是用說的，是厲聲怒吼。

吉妮．漢絲托左右搖晃，向我和她女兒哼著無言的歌。她雙手摟著我。我抬起頭，回頭看向正在說話的人，淚水模糊了視線。

我注視著她。

那應該是漢絲托老太太吧，也不是她。那的確是萊緹的外婆，就像……

我是說……

她散發銀光。她仍有一頭長髮，頭髮仍然灰白，但這時她像青少年一樣直挺挺地站著。因眼睛太習慣黑暗，我無法直視她的臉，無法確認那是不是我熟悉的面孔——她的臉太亮了。亮如鎂的火焰，亮如煙火之夜。像銀幣反射正午的陽光那麼亮。

我看著她，直到無法承受才轉過頭，緊緊閉上眼，除了陣陣鼓動的殘像，什麼也看不到。

很像漢絲托老太太的聲音說：「我該不該把你們關到暗星的中心，讓你們在每一時刻的片段都持續千年之處品嘗你們的痛苦？我該不該引用**創世**的盟約，將你們由創造物的清單中抹去，以後再也沒有任何餓鳥，而任何想在世界之間遊蕩的東西，都能平安無事地來去？」

我側耳等待回答，卻什麼也沒聽到。只有一陣哀鳴，一陣痛苦或沮喪的低泣。

「就這樣。等我有空，我再隨我高興處置你們。現在我得照顧我的孩子。」

——是，夫人。

——感謝大恩大德，夫人。

「別急著走。把那些東西恢復原狀之前，誰也別想離開。天上少了牧夫座。地上少了棵橡樹，還有隻狐狸。把那些東西放回去，恢復原來的樣子。」銀色女皇的聲音又說了聲：「**害獸**。」現在我可以確定那是漢絲托老太太的聲音。

有人哼起一首歌。我發現哼歌的人是我，感覺自己卻像在很遙遠的地方，而我同時記起了那是什麼歌——〈男孩女孩來遊戲〉

……明亮月光灑大地

拋下食物不晚餐

跑到街上找玩伴

來時歡呼開心叫

有顆真心最重要……⑰

我抱住吉妮・漢絲托。她身上有農場和廚房的味道，有牲畜和食物的味道。她聞起來好真實，而我當下好需要那種真實的感覺。

我伸出一隻手，怯怯地碰了碰萊緹的肩膀。她沒動，也沒反應。

這時吉妮開口說話了，但起初我不知道她是在自語自語還是在和萊緹或我說話。「牠們越界了。」她說。「孩子，牠們大可傷害你，沒什麼關係。牠們大可傷害這個世界，沒人會說話——這終究只是一個世界，相對於許許多多的世界，這世界只是沙漠裡的一粒沙。但萊緹是漢絲托家的一員，我的寶貝啊，牠們無權碰她，卻傷害了她。」

我看看萊緹。她垂下頭，臉被遮住了。她閉著眼睛。

「她不會有事吧？」我問。

吉妮沒回答，只是把我們倆往她胸前抱得更緊，搖著我們，繼續哼著無言的歌。

農場和周圍的土地不再發出金光，我不再覺得陰影中有東西看著我。

一個蒼老的聲音說：「別擔心。」那聲音又顯得熟悉了。「你安全得像棟房子。比我看過

---

⑰〈男孩女孩來遊戲〉（Girls and Boys Come out to Play），英國童謠，至少於一七〇八年即開始流傳。當時孩童一般白天皆需工作，夜晚方有時間遊戲。

的大部分房子都安全。牠們離開了。」

「牠們還會回來。」我說。「牠們要我的心。」

「就算給牠們全中國的茶，那些鳥也不敢回來這個世界。」漢絲托老太太說。「當然茶對牠們沒什麼用——中國也是，就像那對食腐的烏鴉沒什麼用處一樣。」

我為什麼會以為她一身銀衣呢？她穿的是縫縫補補的灰色晨袍，裡面那件應該是睡袍，只不過是幾百年前流行的樣式。

老太太一手擱在她外孫女蒼白的額頭上，把她的頭抬起來，然後放開。

萊緹的母親搖搖頭。「沒救了。」

我這時終於明白了，我覺得自己好蠢，居然沒早點發現。我身邊的女孩，這個窩在她母親腿上、靠在她母親胸前的女孩，為我犧牲了生命。

「牠們要傷害的是我，不是她。」我說。

「牠們沒道理傷害你們。」老太太說著，吸了吸鼻子。那股內疚強過我曾經有過的任何感覺。

「我們應該送她去醫院。」我抱著希望。「我們可以找醫生。或許他們可以治好她。」

吉妮搖搖頭。

「她死了嗎？」我問。

「死？」穿晨袍的老太太重複我的問題。她聽起來像是受到冒犯，每個送氣音都很用力，好像一定要那樣才能讓我明白她是多麼認真。「漢絲托家的人才不會做出那麼平庸的事……」

「她受傷了。」吉妮．漢絲托把我摟向她。「你想像她傷得多重，就傷得多重。她很接近死亡，如果我們不做點什麼，不快點處理，那和死亡也沒什麼區別了。」她摟了我最後一下。「你起來吧。」我不情願地從她腿上爬開，站了起來。

吉尼．漢絲托懷裡抱著女兒癱軟的身軀，爬起身。萊緹全身軟垂，她母親爬起來的時候，她像破布偶一樣晃來晃去。我望著她，震驚難以言喻。

我說：「是我的錯。對不起。我真的很抱歉。」

漢絲托老太太說。「你是出於好意。」但吉妮．漢絲托一言不發。她走上小路，朝農場走去，在擠奶小屋旁拐過彎。我以為萊緹已經大到沒辦法抱了，但吉妮抱著她，彷彿她不過只有小貓那麼重，而她的頭和上身都趴在吉妮肩上，像睡著的嬰兒被抱上樓睡覺那樣。吉妮抱著她沿小徑走，走到樹籬旁，再走呀走，直到我們來到池塘邊。

後面這裡沒有微風，夜晚毫無動靜，只有月光照亮我們腳下。我們來到池塘邊時，那座池塘只是普通的池塘。沒散發金黃閃爍的光芒，也沒有魔法的滿月。池水漆黑暗沉，映在水面上的是真正的月亮，眉月。

我在池塘邊停下來。漢絲托老太太也在我旁邊停步。

但吉妮．漢絲托繼續往前走。

她踉蹌走進池塘裡，直到水深及大腿，她涉水前進，外套和裙子漂在水面上，把月亮的倒影打散成數十個小月亮，在她身邊散開又聚合。

來到池塘中央，她停了下來，黑暗的池水淹到她臀上。她將萊緹從肩上抱下來，用老練的手勢托住女孩的後腦和膝蓋，接著她極其緩慢地把萊緹放進水裡。

女孩的身軀浮在池塘水面上。

吉妮退後一步，然後又退一步，目光須臾不曾離開女兒。

我聽到一陣呼嘯，好像有股強風朝我們吹來。

萊緹的身軀震動。

沒有微風，但池塘的水面上卻出現白色的浪頭。我看到海浪，起初只是微弱拍打，接著更大的浪濤撲下，拍擊著池塘邊。一道浪的浪頭打在靠近我的地方，濺溼了我的臉和衣服，我的脣上嘗到溼溼的水，鹹鹹的。

我低聲說：「萊緹，對不起。」

我應該看得到池塘另一端才對。不久前還可以。但池塘的對岸在浪濤拍打中消失，萊緹漂浮的身軀後方除了廣闊寂寥的海洋和黑暗，什麼也看不到。

波浪變大了，水在月光下開始發亮，像之前在桶子裡一樣散發淡而湛藍的光芒。水面上的黑色形體便是救了我一命的女孩。

削瘦的手擱上我肩頭。「孩子，你道什麼歉？因為害死她嗎？」

我不覺得我說得出話，所以只是點點頭。

「她沒死。你沒害死她，餓鳥雖然拚了命想透過她逮到你，但牠們也沒殺死她。我們把她給了她的海洋。有一天，等到時機成熟，海洋會把她還給我們。」

我想到屍體和珍珠眼睛的骷髏，想到美人魚游水時擺動的尾巴，就像我養過的金魚會擺動尾巴，直到再也不動了，和萊緹一樣翻起肚子浮在水面上。我說：「那她會是原來的樣子嗎？」

老太太笑翻了，好像我說了全宇宙最好笑的笑話。

「沒有任何事物會維持不變。」她說。「不論是一秒後，還是一百年後。事物總是在翻騰攪和。人就像海洋一樣善變。」

吉妮從水裡爬出來，垂著頭和我一起站在水邊。海浪拍打、衝擊、潑濺，然後退開。遠方有個隆隆聲越來越響亮，有東西越過海上朝我們而來。那東西從幾里外、千百里外而來——閃爍的藍光邊緣有道白線，隨著距離拉近越來越大。

大浪襲來，世界轟隆作響，浪打到我們面前時，我仰起頭。浪比樹還高，比房子還高，高到眼睛望不盡，頭腦無法忖度，心靈無法體會。

巨浪直到觸及萊緹．漢絲托浮在水面的身軀才落下。我以為我會全身溼透，甚至被怒濤捲走，所以抬起手臂掩住了臉。

沒有碎浪的浪花，沒有震耳欲聾的衝擊，我放下手臂時，只看到夜裡一座池塘平靜的黑色池水，水面除了零星的蓮葉，以及月亮周到但不完整的倒影之外，什麼也沒有。

漢絲托老太太也不見了。我還以為她站在我身邊，但只有吉妮站在那兒，默默俯視小池塘黑暗的鏡面。

「好了。」她說。「我帶你回家吧。」

15

牛棚後停了一輛路華越野車。車門敞開，鑰匙就插在鎖孔上。我坐進鋪著報紙的副駕駛座，看著吉妮．漢絲托轉動鑰匙。引擎劈啪響了幾次，發動了。

我沒想過漢絲托家的人會開車。我說：「我不知道妳們有車。」

「你不知道的事可多了。」漢絲托太太的語氣有點尖銳，然後用溫柔一點的眼神看著我，說道：「你不可能事事都知道。」她將越野車倒退，顛顛簸簸地開過院子後的車跡和水坑。

我腦中有個念頭。

「漢絲托老太太說萊緹沒死。」我說。「可是她看起來死了，我覺得她真的死了。我不覺得她沒死。」

吉妮看起來想說些類似真相的本質的話，但她只說：「她受傷了，傷得很重。海洋帶走了她。說實在，我不知道它會不會把她還給我們。但我們可以抱著希望，對吧？」

「對。」我握緊拳頭，以我知道的一切方式拚了命地希望。

我們以時速十五英里搖搖晃晃開過小路。

我說：「她從前——我是說，她真的是妳的女兒嗎？」我不知道為什麼要問她這個問題，到現在還是不知道。或許我只是想更了解救了我一命的女孩，她救了我好幾次，而我對她一無所知。

「算是吧。」吉妮說。「漢絲托家的男人，我的兄弟們，他們都投入這個世界，生了小孩，小孩又生了小孩。你的世界也有漢絲托家的女人，我打賭，她們各自都有了不起的地方。不過只有外婆、我和萊緹最純粹。」

「她沒有爸爸嗎？」我問。

「沒有。」

「那妳有爸爸嗎？」

「你真愛問問題，對吧？沒有，親愛的。我們對那種事向來不感興趣。要繁殖更多的男人才需要男人。」

我說：「妳不用送我回家，我可以和妳們待在一起，可以等萊緹從海裡回來。我可以在妳們農場工作，搬東西，學開牽引機。」

她說：「不行。」但她語氣慈祥。「你要繼續過你自己的人生。這條命是萊緹給你的，你得長大，盡可能不要辜負了她。」

我心裡閃過一股怨恨。光是活著已經很困難了，努力在世上生存，尋找自己的立足之處，為了求生去做必要的事，何況還得納悶你做的一切會不會辜負某個……即使沒**死**，也算是為你獻出生命的人。這樣**不公平**。

吉妮說：「生命本來就不公平。」彷彿我把心中想法說了出來。

她轉向我們家的車道，在前門外停好車。我下了車，她也從車裡出來。

「最好讓你回家時輕鬆一點。」她說。

我們的門從來不鎖，但漢絲托太太依舊按了門鈴，努力在擦鞋墊上刮掉威靈頓靴上的泥巴，直到媽媽打開門。她一身睡衣，穿著她的粉紅色拼布晨袍。

「他回來囉。」吉妮說。「小兵從戰場回來，毫髮無傷。他在我們萊緹的告別派對裡玩得很開心，但這個年輕人該休息了。」

我母親一臉茫然——幾乎有點驚慌失措——接著笑容取而代之，世界彷彿剛剛重組為合理的模樣。

「噢，真是麻煩妳了，還帶他回來。」媽媽說。「我們該有人去接他才對。」接著她低頭看著我。「親愛的，你要跟漢絲托太太說什麼？」

我照臺詞念：「謝——謝——招——待。」

媽媽說：「很好，親愛的。」然後說：「萊緹要離開了？」

「去澳洲。」吉妮說。「去跟她父親待在一起。這個小傢伙不能來玩，我們會很想念他，不過呢，萊緹回來的時候，我們會通知你們。到時候他就能再來玩了。」

我有點累了。派對很好玩，但我不大記得細節，只知道我不會再去漢絲托家的農場。除非有萊緹在。

澳洲很遠很遠。不知道她去澳洲找她爸爸要多久才會回來。大概幾年吧。澳洲在世界的另一頭，要越過海洋……

我腦中的一小部分記起另一個版本的故事，接著又忘了，好像從舒服的睡夢中醒來，左右看看，又把被單拉到頭上，回到夢境中。

漢絲托太太回到她老舊的越野車上，我就著前門的燈光才看清楚那輛車：車身濺滿泥巴，原本的烤漆幾乎完全被掩蓋，她倒了車，從車道往小路駛去。

我身穿奇裝異服，到家時幾乎晚上十一點，但媽媽似乎不以為意。她說：「親愛的，我有個壞消息。」

「什麼壞消息？」

「娥蘇拉不得不離開了。她家有事，很緊急。她已經走了。我知道你們多喜歡她。」

我知道我才不喜歡她，但我沒說話。

現在沒人睡在我樓梯頂的房間了。媽媽問我要不要住回我房間一陣子，我說不要，但我不確定為什麼不要。我不記得為什麼我那麼不喜歡娥蘇拉・蒙克頓——說實在，我有點內疚，覺得不該那麼不理性地斷然討厭她——但我仍然不想回那個房間，即使那裡有適合我大小的黃色洗手臺。於是我繼續和妹妹共用臥室，直到五年後搬家（我們小孩提出抗議，但大人想的是他們的經濟困境結束了，只覺得如釋重負）。

我們搬出去之後，房子就拆了。我不肯去看它空盪盪站在那裡的模樣，也拒絕目睹拆除的過程。我的人生和那些磚瓦、屋牆和排水管的關係太過密切。

多年後，妹妹長大成人了，她對我透露，她認為母親開除娥蘇拉·蒙克頓是因為父親和她有染（她對娥蘇拉的印象很好，覺得她是一連串壞脾氣的保姆之中難得親切的）。我同意的確有可能。當時我們雙親仍然在世，我大可以問他們，但我沒有。

父親沒提過那些夜晚發生的事，當時沒說，之後也不曾提起。

我二十多歲時，終於和父親成為朋友。小的時候，我們的共同點少之又少，而我確定當時我讓他失望了。他並不希望得到一個愛書、只沉浸在書中世界的孩子。他夢想中的男孩會做他從前做過的事：游泳、拳擊、玩橄欖球，瘋狂開心地開快車，但他得到的並不是這樣的小孩。

我再也沒沿著那條小路走到盡頭。我不再想起白色Mini，當我想起蛋白石礦工的時候，總是想到壁爐架上的兩顆蛋白石原石，他在我記憶中穿的是格子襯衫和牛仔褲。他的皮膚曬得黝黑，不是一氧化碳中毒後的櫻桃紅，也沒打領結。

蛋白石礦工留給我們的那隻黃褐公貓「怪物」在外遊蕩，被別家人餵養，我們雖然偶爾看到他在小路底的水溝和樹林間徘徊，但我們叫他，他總不過來。我想我應該鬆了口氣。他一向不屬於我們。我們雙方都很清楚。

我想，一個故事重要之處，只在於故事中的人改變了。但這些事發生時我才七歲，一切結束之後，我和發生前的那個人還是同一個，不是嗎？其他人也一樣。人並不會改變。

不過有些事改變了。

事情發生一個月左右，也是我所住的那個搖搖欲墜的世界遭到拆除、改建成漂亮方正規則的房子的五年前（一些年輕人住進那些房子，他們在城裡工作，卻住在我的鎮上，他們靠著把錢挪來挪去賺錢，卻不建造、挖掘、耕作或編織），也是我親吻微笑的卡莉・安德斯的九年前……

我放學回家。那時是五月或六月初。她就坐在後門邊，好像清楚知道自己在哪、又要找誰──她是隻年輕的黑貓，不是幼貓了，一邊的耳朵上有塊白斑，雙眼是罕見的鮮豔藍綠色。

她跟著我進屋。

我拿了個怪物沒吃過的貓罐頭，挖進怪物那只灰塵滿布的貓碗，餵她吃。

我的雙親從沒發現黃褐色公貓不見了，他們起初也沒發現家裡有了新的小貓，等到父親終於提起她出現的事，她已經和我們住了幾個星期，每天在花園探險，等我下課回家，在我看書或玩耍時待在我附近。晚上她會等在床邊，等到熄燈後，她會安頓在我身邊的枕頭上，幫我順順頭髮，發出輕柔的呼嚕聲，從沒吵醒我妹妹。

我會把臉埋進她的毛裡，她帶磁性的深沉呼嚕聲靠著我的臉頰微微振動，我就這樣入睡。

她有雙好特別的眼睛，讓我想起海邊，所以我叫她「海洋」，不過說不出原因。

尾聲

我在紅磚農舍後面，坐在養鴨池塘旁搖搖欲墜的綠長椅上，想著我的小貓。

我只記得海洋長成一隻大貓，我愛她愛了好多年。我納悶後來她怎麼了，然後又想，記不起細節也不重要——她最後死了。我們最後都會死。

農舍的一扇門開了，我聽見小徑上傳來腳步聲。不久後，老太太在我身邊坐下。「來帶杯茶給你。」她說。「還有蕃茄乳酪三明治。你在外面待了好久。我還以為你掉進去了。」

「算是吧。」我跟她說，然後又說：「謝謝妳。」我坐在這裡的時候，薄暮不知不覺降臨。

我接過茶，啜飲茶水，這次仔細地端詳這個女人。我把她和四十年前的記憶相比，說：「妳不是萊緹的媽媽。妳是她外婆，對不對？妳是漢絲托老太太？」

「沒錯。」她不慌不忙地說。「吃你的三明治吧。」

我咬了一口三明治。很好吃，非常美味。剛出爐的麵包，氣味強烈、帶鹹味的乳酪，吃起來有滋有味的真的蕃茄。

記憶席捲而來，我很想知道那是什麼意思，想知道這一切的意義。我說：「這是真的嗎？」話一出口，我覺得自己好蠢。我可以問各種問題，卻問了這個。

漢絲托老太太聳聳肩。「你是說你記得的事？應該吧，多少是真的。不同的人記得的也不一樣，同件事，天下找不到兩個人記得一模一樣，即使他們當時都在場。把你們兩個人擺在一起，記得的可能天差地遠。」

我還得問另一個問題。我說：「我為什麼會來這裡？」

她望著我，好像這問題是陷阱似的。「因為葬禮。」她說。「你想逃離所有人，獨處一陣子，所以先開車來到小時候住的地方，但是你在那裡沒有找到欠缺的東西，所以才來這裡。像你以前一樣。」

「像我以前一樣？」我又喝了點茶。茶還是熱的，而且夠濃——是杯完美的建築工人茶⓲。我父親總是說，令他滿意的茶濃得可以在上面立根茶匙。

「像你以前一樣。」她重複她的話。

「不對。」我說。「妳錯了。我是說……我從……嗯……我從萊緹去澳洲之後就沒來過了。她的告別派對之後。」接著我說：「但從來就沒有告別派對。妳知道我的意思。」

「你有時會回來。」她說。「我記得你二十四歲的時候來過。當時你有兩個小小孩，你怕極了。你離開那階段的人生之前又回來這裡——那時候你多大？三十多歲吧？我在廚房餵了你一頓大餐，你跟我說了你的夢想和你在創作的藝術。」

「我不記得了。」

她撥開眼前的頭髮。「那會比較輕鬆。」

我啜飲著茶，吃完了三明治。茶杯是白色的，盤子也是。漫長的夏日傍晚即將落幕。

我又問了她一次。「我為什麼會來這裡？」

有人說：「因為萊緹希望你來。」

說話的人正繞過池塘。這個女人身穿褐色外套，腳踏威靈頓雨靴。我困惑地看著她。她的外表比我現在年輕。我記憶中的她是高大的成人，但現在她在我眼中卻年近四十。我記得她身材肥碩，但此時她顯得豐滿健美，有種健康的魅力。她仍是吉妮．漢絲托，也就是萊緹的母親，我確定她和四十多年前一模一樣。

她在長椅的另一邊坐下，於是我夾在漢絲托家的兩位太太之間。她說：「我想萊緹只是想知道值不值得。」

「什麼值不值得？」

「你啊。」老太太話裡帶刺。

「萊緹為你做了件非常重大的事。」吉妮說。「我想她只是想知道接下來的發展，看她做的事值不值得。」

「她……她為我犧牲了自己。」

「以某種方式，親愛的。」吉妮說。「餓鳥扯出了你的心臟，你叫得好淒慘。她忍不住了，

⓲ 建築工人茶（Builder's tea）：英國當地俗語，指濃烈、便宜的茶，建築工人於休息時間飲用。

她非得做點什麼。」

我努力回憶，說：「我記得的不一樣。」我想到我的心。不知我的心裡還有沒有冰冷的碎片或是通道口，如果有，那是恩賜還是詛咒？

老太太嗤之以鼻。「我不是才說過嗎，天下找不到兩個人記得一模一樣？」她說。

「我可以和她說話嗎？」

「她在睡。」萊緹的母親說。「她還在復原，還不能講話。」

「要等她在那裡的事了結。」萊緹的外祖母說著伸手比了比，但我分不出她指的是養鴨池塘還是天空。

「要等到什麼時候？」

「等到萬事就緒。」老太太說，同時她女兒說：「快了。」

「好吧。」我說。「如果她帶我來這裡，想看看我，就讓她看。」我才剛這麼說，就明白她已經看過我了。我在那張長椅上看著池塘坐了多久？我回憶她的時候，她就在檢視我。「噢，她已經看過我了，對吧？」

「對，親愛的。」

「我合格了嗎？」

在越來越濃的暮色中，我無法解讀我右邊那位老太太的表情。左邊的年輕女人說：「親愛的，身為人，沒什麼合不合格的。」

我將空杯盤擱到地上。
吉妮・漢絲托說：「我想你表現得比上次見到你的時候好。至少開始長出一顆新的心了。」
這個女人在我的記憶中像座山，我曾在她胸前顫抖啜泣。現在她比我矮小，我無法想像她曾那樣安慰我。
月亮掛在池塘上方的空中，是輪滿月。我怎麼也想不起我上次注意到時月亮是盈是缺……我其實不記得上次是什麼時候抬頭看月亮了。
「所以接下來會怎麼樣？」
「就像從前你來的時候一樣。」老太太說。「你會回家去。」
「我不知道我的家在哪了。」我對她們說。
「你每次都這麼說。」吉妮說。
在我印象中，萊緹・漢絲托還是比我高上一個頭。畢竟她十一歲。我納悶著如果她現在站在我面前會是什麼樣子——會是什麼樣的人。
養鴨池塘裡的月亮也是圓的，我發覺自己不禁想起老故事裡的聖愚，他們在湖裡用漁網捕月亮，相信水中的倒影比掛在空中的月亮更近，容易捕到。
事實當然是如此。
我站起身，朝池畔走了幾步。「萊緹。」我努力忽略背後的兩個女人，朗聲說道：「謝謝妳救了我一命。」

「當初她去尋找一切的源頭時就不該帶上你。」漢絲托老太太不以為然地說。「她大可以自己查出究竟。傻東西，用不著帶你作伴。欸，下次她就會學乖了。」

我轉身看著漢絲托老太太。「妳真的記得月亮創造時的事情嗎？」我問道。

「我記得不少事。」她說。

「我還會回來嗎？」我問。

「這種事你不該知道。」老太太說。

「回去吧。」吉妮．漢絲托溫柔地說。「有人在納悶你到哪去了。」

她一提起，我才驚恐地想到妹妹、妹夫、她的孩子以及所有致哀者、悼謁者與訪客，他們一定都想不通我怎麼了。話說回來，今天應該是最能原諒我缺席的日子，這是漫長辛苦的一天。我很高興今天結束了。

我說：「希望我沒打擾妳們。」

「噢，親愛的。」老太太說。「一點都不會。」

我聽見一隻貓喵喵叫。過了片刻，貓從陰影中信步走出，走進一塊明亮的月光下。牠大膽地接近我，用頭磨蹭我的鞋子。

我蹲到牠身邊，搔搔牠的額頭，摸摸牠的背。這隻貓很漂亮，一身黑，但月色其實掩蓋了事物的顏色，至少我想像牠是黑色的。牠一邊耳朵上有塊白。

我說：「我以前有隻像這樣的貓，我叫她『海洋』，她很美。我其實不大記得她後來怎麼了。」

「你把她還給我們了。」吉妮．漢絲托說。她伸手碰碰我的肩頭，輕捏了一剎那，她用手指尖碰碰我的臉，好像我是小孩或愛人，然後她就離開，走回夜色之中。

我拿起我的盤子和杯子，帶著杯盤跟老太太一同走小徑回到房子。

「月亮真的亮得像白天。」我說。「好像歌裡唱的那樣。」

「滿月很不錯。」她表示贊同。

我說：「真有趣。我一時間以為有兩個妳。很奇怪吧？」

「只有我。」老太太說。「一直就只有我。」

「我知道。」我說。「當然了。」

我正要把盤子和杯子拿去廚房、放進水槽，但她在農舍門口阻止了我。「你最好趕快回你家人身邊。」她說。「他們都要派出搜索隊了。」

「他們會原諒我的。」我說。希望他們真的會。妹妹會很擔心，會有些我幾乎不認識的人，因為沒能告訴我他們多麼遺憾我痛失親人而失望。「妳真好心。讓我坐在池塘邊思考。感激不盡。」

「哪來的話。」她說。「你太客氣了。」

「下次要是萊緹從澳洲寫信來，請代我跟她問好。」我說。

「沒問題。」她說。「她一定很高興你想到她。」

我坐上車，發動引擎。老太太站在門口禮貌地看著我，目送我把車調頭，開上小路。

我回頭從後照鏡看著農舍，光線造成了錯覺，農舍上方的天空好像掛了兩個月亮，像一對眼睛俯視著我。一個是渾圓的滿月，天空另一側的雙胞胎則是弦月。

我好奇地回頭看：農舍上方只掛著一個弦月，平靜、皎潔而完美。

我不懂第二個月亮的錯覺是怎麼來的，但只煩惱了片刻，接著就不再去想。或許是殘像，或是鬼影——有什麼事物在片刻間觸動了我的意識，那影響太強烈，讓我以為那是真的，但稍縱即逝，像遭遺忘的記憶一樣遁入過去，或像黑影沒入暮色中。

全文完

致謝

這就是你剛剛讀完的這本書。結束了。現在我們來到致謝。這其實也不算本書的一部分，你用不著看下去，大部分只是名字而已。

我受惠於太多人，有些人在我需要他們的時候出現在我生命裡，有些人為我倒茶，有些人寫了陪我長大的書。一一列出所有人的舉動不甚明智，但我仍要試試……

完成本書的時候，我把書稿給了許多朋友試讀，他們以慧眼讀完，告訴我他們喜歡哪些地方，哪裡還要加強。我對他們都心懷感激，但我必須特別感謝瑪莉亞・黛瓦納・海德莉（Maria Dahvana Headley）、奧嘉・努涅斯（Olga Nunes）、標題女王艾琳娜・西蒙（Alina Simone）、蓋瑞・K・沃爾夫（Gary K. Wolfe）、凱特・霍華（Kat Howard）、凱莉・麥考洛（Kelly McCullough）、艾瑞克・薩斯曼（Eric Sussman）、赫雷・坎貝爾（Hayley Campbell）、瓦莉亞・杜第奇・盧佩斯庫（Valya Dudycz Lupescu）、梅莉莎・馬爾（Melissa Marr）、埃莉斯・馬歇爾（Elyse Marshall）、安東尼・馬涅蒂（Anthony Martignetti）、彼得・史超伯（Peter Straub）、凱特・丹寧斯（Kat Dennings）、吉恩・沃爾夫（Gene Wolfe）、葛溫達・龐德（Gwenda Bond）、安・巴比（Anne Bobby）、李・「虎皮鸚鵡」・巴尼特（Lee "Budgie"

Barnett）、莫里斯・沙瑪（Morris Shamah）、法拉・曼德森（Farah Mendelsohn）、亨利・塞利克（Henry Selick）、克萊兒・康尼（Clare Coney）、葛蕾絲・孟克（Grace Monk）和柯奈莉亞・馮克（Cornelia Funke）。

這本書始於喬納森・斯特拉恩（Jonathan Strahan）請我寫的一個短篇故事，不過我當時不知道那故事會發展成小說。我動筆為他寫蛋白石礦工和漢絲托家族的故事（她們住在我腦中的農場很久了），後來我向喬納森坦承這不是短篇，而喬納森寬大仁慈，於是我讓故事發展成一部小說。

書中的家庭不是我自己的家庭，我的家人慷慨地讓我盜用我自己童年的風景，看著我肆意重塑那些地方，放進故事中。我很感謝他們，尤其是我的妹妹莉斯，她鼓勵我，寄了早被遺忘的照片，喚醒我的記憶（可惜我沒及時記起那間老舊的溫室，放進書裡）。

在佛羅里達州的薩拉索塔，史蒂芬・金讓我想起每天寫作的單純喜悅。有時文字能拯救我們的性命。

多莉提供了藏身小屋讓我寫作，我對她感激不盡。

感謝雅特・史匹格曼允許我將他在《紐約客》雜誌上和莫里斯・桑達克的對話用於開場題詞。

本書進入第二版初稿的時候，我正把我手寫的初稿打出來，晚上在床上，我會把一天的工作成果讀給妻子亞曼達聽，把我寫的文字念給她聽的時候，我對我的文字有更深一層的了解。

我對自己做的事從沒有這麼深入的了解。她是這本書的第一個讀者，而她的困惑與偶爾的挫折、疑問與喜悅，是我接下來幾版初稿的明燈。亞曼達和我相隔兩地，我太想念她時，便為她寫了這本書。少了她，我的生命會無趣失色許多。

我的女兒荷莉和麥蒂，和我兒子麥克，是我最睿智、最溫和的評論者。

我在大西洋兩岸都有很棒的編輯——珍妮佛・布雷爾（Jennifer Brehl）和珍・莫珀斯（Jane Morpeth），還有羅絲瑪莉・布洛斯南（Rosemary Brosnan），她們讀的都是我的第一版初稿，各建議了一些我需要改變、處理、重建的地方。包括我在內，誰也沒料到會有這樣一本書，而珍和珍妮佛應變措施做得很好。

我誠心感謝委員會在芝加哥公共圖書館舉辦了齊娜・蘇瑟蘭講座（Zena Sutherland Lectures），回顧我在二〇一二年發表的演講，內容其實是我寫這本書時與我自己的對話，目的在了解我在寫什麼、為誰而寫。

梅里利・海飛茲（Merrilee Heifetz）已經當了我二十五年的文學經紀人。她對本書的支持就像過去四分之一世紀以來的支持一樣，珍貴無比。

強・雷文（Jon Levin）是我電影方面的經紀人，也是個好讀者，總是讓人想到披頭四中林哥・史塔的壞心版。

當我需要確認一九六〇年代的大茴香子口香糖和綜合水果糖賣多少錢，推特上的好心人幫了非常大的忙。少了他們……嗯，我寫作的速度可能會快上一倍。

最後，我要感謝漢絲托家，我需要她們的時候，她們總是在那兒。

尼爾·蓋曼筆

二〇一二年七月于斯凱島

繆思系列 034

萊緹的遺忘之海
The Ocean at the end of the lane

作者　尼爾・蓋曼（Neil Gaiman）
譯者　周沛郁
社長　陳蕙慧
副總編輯　戴偉傑
副主編　林立文
電腦排版　極翔企業有限公司

讀書共和國集團社長　郭重興
發行人兼出版總監　曾大福
出版　木馬文化事業股份有限公司
發行　遠足文化事業股份有限公司
地址　231新北市新店區民權路108之4號8樓
電話　02-2218-1417　傳真　02-8667-1065
email: service@bookrep.com.tw
郵撥帳號　19588272　木馬文化事業股份有限公司
客服專線　0800221029
法律顧問　華洋國際專利商標事務所　蘇文生 律師
印刷　成陽印刷股份有限公司
二版　2020年1月
定價　新台幣300元

ISBN　978-986-359-752-0

國家圖書館出版品預行編目（CIP）資料

萊緹的遺忘之海 / 尼爾・蓋曼(Neil Gaiman)著；周沛郁譯. -- 二版. -- 新北市：木馬文化出版：遠足文化發行, 2020.01
面；　公分. --（繆思系列；34）
譯自：The ocean at the end of the lane
ISBN 978-986-359-752-0（平裝）

873.57　　108020855